*A jovem Júlia Lopes de Almeida, em 1885, antes da partida para a estadia de dois anos em Portugal.*
*Fonte*: Arquivo familiar/RSDS.

# Memórias de Marta

CLÁSSICOS ATELIÊ

*Direção* Plinio Martins Filho



Ateliê Editorial
Trinta Anos

Júlia Lopes de Almeida

# Memórias de Marta

*Apresentação e Notas*
Paulo Franchetti

Ateliê Editorial

Dados Internacionais de Catalogação na Publicação (CIP)
(Câmara Brasileira do Livro, SP, Brasil)

Almeida, Júlia Lopes de, 1862-1934
*Memórias de Marta* / Júlia Lopes de Almeida;
apresentação e notas Paulo Franchetti. – Cotia, SP: Ateliê
Editorial, 2025. – (Clássicos Ateliê)

ISBN: 978-65-5580-170-5

1. Romance brasileiro I. Franchetti, Paulo. II. Título. III. Série.

25-267605 CDD-B869.3

Índice para catálogo sistemático:
1. Romances: Literatura brasileira B869.3

Cibele Maria Dias - Bibliotecária - CRB-8/9427



ATELIÊ EDITORIAL
Estrada da Aldeia de Carapicuíba, 897
06709-300 – Cotia – SP – Brasil
contato@atelie.com.br
facebook.com/atelieeditorial | blog.atelie.br
instagram.com/atelie_editorial | www.atelie.com.br
threads.net/@atelie_editorial

Impresso no Brasil
Foi feito o depósito legal

2025

# Sumário



MEMÓRIAS DE MARTA

# Nota Editorial

Durante a vida de Júlia Lopes de Almeida foram publicadas três diferentes versões deste romance, uma em jornal e duas em livro.

Encontram-se atualmente disponíveis no mercado brasileiro edições que seguem tanto a publicada em Sorocaba em 1899, quanto a que saiu em Paris por volta de 1930.

Esta edição conforma-se à última vontade da autora, isto é, traz o romance tal como foi por ela revisto e amplamente modificado no final da década de 1920, com vistas à publicação parisiense.

O texto aqui apresentado segue o da edição que a Professora Rosane Saint-Denis Salomoni preparou em 2007 para a Editora Mulheres, com algumas poucas diferenças.

Esta nota não poderia terminar sem um agradecimento à generosidade dessa dedicada especialista na vida e obra de Júlia Lopes de Almeida, que contribuiu para este trabalho com muitas informações e ainda com a cessão das fotografias que lhe foram confiadas pela família da autora e agora ilustram este volume.

# Apresentação

Paulo Franchetti*

Júlia Lopes de Almeida (1862-1934) nasceu no Rio de Janeiro, viveu a adolescência em Campinas e residiu em Portugal e no Rio, onde faleceu. Destacou-se como romancista, mas publicou também contos e peças de teatro, tendo produzido mais de quarenta obras em diferentes gêneros literários. Foi cronista assídua dos jornais, tendo assinado a coluna de crônicas "Dois Dedos de Prosa" no jornal *O Paiz* por cerca de trinta anos. Além disso, desenvolveu notável atividade de intervenção social, destacando a necessidade da educação feminina e da inserção profissional da mulher na sociedade[1].

* Paulo Franchetti nasceu em Matão (SP) em 1954. Publicou, no Brasil, entre outros, *Alguns Aspectos da Teoria da Poesia Concreta*, *Nostalgia, Exílio e Melancolia – Leituras de Camilo Pessanha*, *Estudos de Literatura Brasileira e Portuguesa*, *Crise em Crise – Notas sobre Poesia e Crítica no Brasil Contemporâneo*, *Sobre o Ensino de Literatura*, *Haikai – Antologia e História* e *Editoras Universitárias para Quê?* Em Portugal, a edição crítica da *Clepsydra*, a antologia *As Aves que Aqui Gorjeiam* e *O Essencial Sobre Camilo Pessanha*. É autor da novela *O Sangue dos Dias Transparentes*, do livro de viagem *A Mão do Deserto* e dos livros de poemas *Oeste/Nishi*, *Escarnho*, *Memória Futura*, *Deste Lugar* e *Toques*. Para a coleção Clássicos Ateliê organizou também *Dom Casmurro*, *Iracema*, *O Cortiço*, *A Cidade e as Serras*, *Clepsidra*, *Esaú e Jacó*, *Tarde* e *Memórias de Marta*. É Professor Sênior da Unicamp. De 2002 a 2013, dirigiu a Editora dessa universidade.

1. A propósito, para melhor compreender o que significava a luta por direitos e emancipação feminina, basta lembrar que no Brasil do tempo da

Autora de relevante obra literária e de ativa participação na imprensa periódica, participou da iniciativa para criar a Academia Brasileira de Letras, e seu nome constava da lista dos quarenta intelectuais a integrar a instituição. Entretanto, quando esta foi fundada, em 1897, seu nome foi excluído, porque os estatutos terminaram por ser copiados da congênere francesa, que restringia os integrantes ao sexo masculino. A saída encontrada para o impasse foi – por assim dizer – uma solução de compromisso, atribuindo a cadeira número 3 ao marido e parceiro literário de Júlia, o português Filinto de Almeida[2].

## 1. Esboço Biográfico

Júlia Valentina da Silveira Lopes nasceu numa família de posses e ilustrada. Era filha do médico e professor Valentim José da Silveira Lopes, o Visconde de São Valentim, e de Antônia Adelina Pereira Lopes. Júlia, assim como sua irmã mais velha, a poeta Adelina A. Lopes Vieira, recebeu instrução de primeira linha e estímulo familiar para levar adiante uma carreira literária. Ainda jovem, aos dezoito anos, com

escritora as mulheres sequer podiam votar ou ser votadas para cargos políticos. O voto feminino foi autorizado apenas em 1932, e as mulheres puderam votar pela primeira vez em 1935, quando Júlia já estava morta.

2. Wilson Martins, sobre isso, escreveu: "Esses mesmos acadêmicos mostraram-se, entretanto, bem mais flexíveis ao elegerem... Filinto de Almeida, português naturalizado, em lugar de sua esposa Júlia Lopes de Almeida, que, sendo mulher, embora grande escritora, não poderia ser admitida: 'Reconhecida como legítima representante da elite literária brasileira, Júlia, como era de se esperar, opinou sobre a fundação da Academia, mas, como mulher, não pôde nela ingressar'. O intrigante Humberto de Campos registrou o que então se dizia: 'Como D. Júlia não pôde entrar, dá-se-lhe uma satisfação, incluindo o Filinto'" ("Questão de Perspectiva", *Gazeta do Povo*, 14 nov. 2005).

A jovem Júlia quando morava em Campinas, SP (1875-1880).
*Fonte*: Arquivo familiar/Rosane Saint-Denis Salomoni.

o apoio do pai, estreou em letra de forma, escrevendo crítica teatral no jornal *Gazeta de Campinas*. Foi o início de uma carreira de sucesso, tanto de crítica quanto de público.

Em 1886, tendo viajado a Portugal com a família, publicou em Lisboa, em parceria com Adelina, o volume *Contos Infantis*, uma coletânea de textos em prosa e verso. A obra foi bem recebida pela crítica e, em 1891, adotada como livro de leitura nas escolas primárias do Rio de Janeiro. Pouco tempo depois, foi aprovada para uso nas escolas de todo o país, permanecendo como livro recomendado para as crianças brasileiras por mais de vinte anos.

Ainda em Lisboa, no ano seguinte, 1887, dá-se sua estreia em obra individual: o livro de contos *Traços e Iluminuras* (assinado ainda com o nome de solteira: Júlia Lopes), que teve também boa receptividade tanto do público leitor quanto da crítica. Nesse mesmo ano, em 28 de novembro, casa-se com Filinto de Almeida, que conhecera no Rio de Janeiro, em 1886, quando ambos colaboravam na revista *A Semana*. Passa então a assinar Júlia Lopes de Almeida.

Em 1891, em folhetins na *Gazeta de Notícias* do Rio de Janeiro, sai o seu primeiro livro de sucesso, o romance abolicionista *A Família Medeiros*. Publicado em volume no ano seguinte, teve sua primeira tiragem esgotada em apenas três meses.

Já no século XX, é publicado o romance mais conhecido de Júlia Lopes de Almeida, *A Falência* (1901). Com pendores naturalistas, esse livro – que teve duas edições no mesmo ano – descreve com atenção a estratificação social do Rio de Janeiro, bem como as transformações por que passava a sociedade carioca nos primeiros tempos republicanos. Sobre esse romance, um dos poucos críticos modernos que se dedicaram à leitura e ao estudo da obra de Júlia Lopes de Almeida escreveu:

[...] excelente romance de inspiração eciana sobre a vida de um português enriquecido nos negócios, mas que vai à bancarrota no clima de especulação que ainda persistia logo depois do Encilhamento. [...] Muito bem escrito e sustentando até o fim a sombria nota dramática, o romance de Júlia Lopes de Almeida, influenciado, como ficou dito, por Eça de Queirós, nada perderia, entretanto, na comparação com os melhores livros do mestre; há excelentes notações da vida urbana, no bairro das grandes casas atacadistas e incursões nas zonas pobres da cidade; depõe mais contra a crítica e os leitores do que contra a romancista que um romance dessa qualidade tenha praticamente caído no esquecimento[3].

Em 1904, já consagrada como escritora, a ponto de conseguir viver do seu trabalho literário, Júlia começa a receber, em sua casa de Santa Teresa, no Rio de Janeiro, escritores, artistas e intelectuais do Brasil e do exterior. Por conta da integração da casa à natureza, esse espaço de reuniões será conhecido como "Salão Verde", e perdurará até 1925, quando a família se muda para a Europa[4].

A partir dos primeiros anos do século XX, a carreira literária de Júlia Lopes de Almeida é uma sucessão de êxitos e de homenagens, no Brasil e no exterior, destacando-se a que recebe em Paris, em 1914, quando, para reverenciá-la, se reúnem vários representantes da intelectualidade francesa e brasileira, entre os quais Olavo Bilac e Medeiros de Albuquerque.

3. Wilson Martins, *História da Inteligência Brasileira*, Ponta Grossa, Editora da UEPG, 2010, pp. 217-218, vol. V. A propósito, vale a pena acompanhar, nesse livro de Martins, a avaliação que vai fazendo dos seguidos lançamentos de livros e peças de teatro de Júlia Lopes de Almeida.
4. Sobre o Salão Verde, ver reproduzido no texto de João do Rio, intitulado "Um Lar de Artistas", pp. 39-52.

A conhecida escriptora D. Julia Lopes de Almeida, seus filhos e os Srs. Carlindo Borralho, Raul Pereira Reis e José de Almeida Paulino, uma manhã de neve no *Bois de Bologne*.

Com a família em Paris. *Fonte*: Arquivo familiar/RSDS.

Grupo feito no Cáes do Porto por occasião do embarque da grande escriptora patricia sra. Julia Lopes de Almeida, acompanhada de seu filho, sr. Albano Lopes de Almeida, e sua nora sra. Nadine Tross Lopes de Almeida. A illustre escriptora vai se encontrar em Paris com seu marido, sr. Filinto de Almeida, da Academia Brasileira, e suas filhas, senhorinhas Lucia e Margarida, esta ultima laureada pela nossa Escola de Bellas Artes com o Premio de Viagem de Esculptura.

Partida 9 de 1-925

Para acompanhar a filha Margarida, agraciada com uma viagem de estudos pela Escola de Belas Artes do Rio de Janeiro, Júlia se desfaz da casa de Santa Teresa e a família passa a viver em Paris. *Fonte*: Arquivo familiar/RSDS.

Banquete oferecido por intelectuais franceses a Júlia Lopes de Almeida, Paris, 1914.
*Fonte*: Acervo da família/RSDS.

BANQUET

OFFERT

A

**Madame Julia Lopes de Almeida**

*en témoignage de sympathie littéraire*

présidé par Mme Jane Catulle Mendès

ET SOUS LE PATRONAGE D'HONNEUR

de Mesdames Daniel Lesueur, *vice-presidente de la Société des Gens de Lettres, Officier de la Légion d'Honneur*, la Comtesse de Martel, Alphonse Daudet, Adolphe Brisson, *Chevalier de la Légion d'Honneur*, Georges de Peyrebrune, Séverine, Edmond Rostand, Marcelle Tinayre, Jean Richepin, Jean Bertheroy, Rachilde, Aurel, Gabrielle Réval, Annie de Pène, Myriam Harry, Camille du Gast, Fernand Gregh, Rosita Matza, C. de Broutelles, Berthe Dangennes.

MAC MAHON PALACE HOTEL

Paris, le 16 Février 1914

Margarida.

**Un banquet littéraire franco-brésilien**

**Nous avons dit hier qu'un banquet littéraire avait été offert à Mme J. Lopez de Almeida, sous la présidence de Mme J. Catulle-Mendès, de M. Medeiros de Albuquerque, de Mmes Daniel-Lesueur et Séverine. Voici une photographie prise au cours de ce banquet.**

Retrato de Júlia, pelo pintor dinamarquês Richard Hall (1860-1942), pintado após o banquete de homenagem.
*Fonte*: Acervo da família/RSDS.

N.º 289 RIO DE JANEIRO JULHO DE 1934 ANNO XV

A DONA DE CASA

DONA JULIA LOPES DE ALMEIDA

A grande escriptora cuja morte foi uma dolorosa perda para as nossas letras.

Comunicado do falecimento da escritora.
*Fonte*: Acervo da família/RSDS.

De volta ao Brasil, em 1931, após seis anos de ausência, Júlia Lopes de Almeida faz uma última viagem, dessa vez à África, por motivos familiares. Em terras africanas, contrai malária, doença que deu origem a grandes complicações, vitimando--a oito dias após o retorno ao Brasil, em 30 de maio de 1934.

## 2. Este Livro

*Memórias de Marta*, o primeiro romance de Júlia Lopes de Almeida, foi escrito nos anos 1885-1886, quando a autora tinha 23/24 anos. Foi dado a público, entretanto, apenas em 1888, em folhetins no jornal *Tribuna Liberal do Rio de Janeiro*. No ano seguinte, 1889, foi editado em livro pela editora Casa Durski, de Sorocaba-SP[5]. Não se encontra atualmente nenhum exemplar dessa obra. Posteriormente, saiu, pela mesma editora, uma reimpressão, datada de 1899[6]. Uma outra edição, a última em vida da autora, em Paris, com muitas alterações, saiu pela Livraria Francesa e Estrangeira Truchy-Leroy. Trata-se de publicação sem data, mas sabemos que surgiu em 1929 ou 1930[7].

As datas de composição e publicação de *Memórias de Marta* fazem desse romance um contemporâneo de obras importantes da literatura brasileira. Em folhetim, saiu no mesmo ano da publicação em livro de *O Ateneu*, de Raul

5. No jornal, os capítulos foram publicados entre 3 de dezembro de 1888 e 18 de janeiro de 1889.
6. A fonte desta informação é Rosane Saint-Denis Salomoni. Identificaremos a publicação em folhetins como primeira edição; a publicação do romance em volume, em Sorocaba, em 1889, como segunda edição; já a de 1930 será considerada a terceira, uma vez que a de 1899 constitui apenas uma reimpressão da de 1889.
7. A dedicatória datada de Paris, maio de 1930, no exemplar disponível para *download* no *site* da Biblioteca Digital de Literatura de Países Lusófonos da UFSC, permite situar a publicação do livro naquele ano ou no ano anterior.

Pompeia, com o qual compartilha o caráter memorialístico. Em livro, precedeu de um ano a publicação de *O Cortiço* (1890), de Aluísio Azevedo, tendo em comum com esse romance naturalista a ambientação da narrativa num cortiço carioca. Para melhor situar historicamente o livro, lembre-se ainda a data de publicação em volume dos romances de Machado de Assis: *Memórias Póstumas de Brás Cubas* (1881), *Quincas Borba* (1891) e *Dom Casmurro* (1899). Não deveria ser matéria de grande espanto, portanto, que esse romance juvenil, publicado pela primeira vez por uma editora provinciana e só reeditado na década de 1930, fora do Brasil, não tenha tido, a despeito das suas muitas qualidades, significativa repercussão na história da literatura brasileira.

A primeira nota distintiva de *Memórias de Marta* é ter, como narradora, uma voz feminina. De fato, não é comum, na literatura do tempo, uma autora do sexo feminino escrever um romance em que a história é contada em primeira pessoa por outra mulher. Mais singular, porém, é o fato de, nesse romance, uma mulher de meia-idade ser representada no ato de escrever um livro sobre sua vida. Mais do que uma narradora, temos aí, portanto, uma personagem feminina assumindo o lugar de autora – o que é uma construção ficcional muito mais rara.

Em linhas gerais, o enredo é o seguinte: Marta, uma menina de classe média, vê-se, em consequência da morte de seu pai, reduzida à pobreza. Para sobreviverem, sua mãe, também chamada Marta, passa a trabalhar como engomadeira, e ambas vão viver em um cortiço. Em certo momento, a menina toma consciência de que, por meio do estudo, poderia vir a ter uma profissão, o que lhe permitiria conquistar melhores condições de vida para ela e para a mãe.

O romance é, em linhas gerais, a apresentação dessa jornada em direção à emancipação da mulher: Marta, dedicada aos estudos, consegue passar em concurso e se tornar professora, deixando finalmente, com a mãe, o ambiente degradado do cortiço. O caminho, entretanto, não foi fácil. Ao longo dos capítulos, acompanhamos as seguidas humilhações de Marta, seu desconsolo ao constatar sua pobreza, sua revolta com sua falta de atrativos físicos, suas frequentes crises nervosas, graves e inexplicadas, que o médico diagnostica como histeria.

Nessa vida dedicada ao estudo e ao trabalho, o único intervalo lúdico foi uma viagem ao campo, em companhia da professora. Durante a estada em Palmeiras, conhece um rapaz de classe alta, estudante de medicina, pelo qual ingenuamente se apaixona. Esse único episódio amoroso, sem prosseguimento, aumenta suas crises de nervos e seus episódios de prostração.

Enquanto estava em Palmeiras, escrevia regularmente à mãe. Esta, feliz com a mudança de estado de espírito da filha, lia essas cartas para um de seus fregueses, o solicitador Miranda.

Miranda, comovido pelo que ouve nas cartas, apaixona-se por Marta e a pede em casamento. É um homem bem mais velho do que ela, mas de boa situação financeira[8]. A mãe de Marta a aconselha a aceitar a proposta, que ela a princípio recusa de modo cabal, mas termina por aceitar.

Na sequência, após o casamento da filha, como se isso sinalizasse que estava cumprida sua tarefa, a mãe de Marta falece de uma doença que a tinha consumido lentamente, durante os anos em que se sacrificara para manter a casa e a educação da filha.

8. Miranda era um solicitador, ou seja, um profissional liberal que, embora sem diploma de advogado, prestava assessoria jurídica, representava e aconselhava clientes, preparava documentos etc.

Na sua forma final, em volume, tanto na edição de 1889 quanto na de 1930, o romance termina justamente na constatação da morte da mãe pela narradora.

Não era assim, entretanto, na publicação em jornal. Nesta, a história continuava por mais cinco parágrafos. Estes:

> Passaram-se dois anos e eu tive uma filha; foi o primeiro raio de luz a iluminar-me o lar, saudoso de minha mãe! A criança tinha incríveis parecenças com ela e ao beijá-la, muitas vezes eu pensava como um consolo na teoria da transmigração das almas e dizia de mim para mim:
>
> – Quem sabe se neste corpozinho adorado, pequenino e tenro, não estará aquela grande alma imaculada da santa que se foi embora?
>
> A minha filha absorveu-me inteiramente o espírito cansado de sofrer, foi o encanto, foi o enlevo dos meus dias.
>
> O pai a adorava, ela adorava o pai, e vivemos os três na mais doce harmonia: eu resignada, meu marido afetuoso, e a nossa filha, a nossa adorada Cecília, sempre alegre!
>
> Por ela e para ela escrevi estas páginas monótonas mas profundamente sinceras. Nelas pus toda a minha vida; nelas notei todos os meus sentimentos bons ou maus; nelas lhe deixo um exemplo sublime, que não pude fazer ressaltar como devera, mas que é a melhor e a mais sagrada das lembranças – a bondade da avó[9].

Uma estudiosa do romance lamenta que Júlia Lopes de Almeida tenha retirado esse final quando o romance saiu em volume[10]. Mas talvez a autora não tenha errado ao amputar o texto, quando o publicou em livro. Vejamos.

9. Esse final do romance foi recuperado por Rosane Salomoni, na edição há pouco referida: *Memórias de Marta*, Florianópolis, Mulheres, 2007.
10. "Lamentavelmente, a romancista retirou os parágrafos finais constantes da publicação em jornal das restantes edições" (*idem*, p. 20).

Encerrando a obra com esses parágrafos, o efeito retrospectivo deles sobre a leitura seria grande. Em primeiro lugar, explica-se aí a motivação para a escrita da autobiografia, apontando um destinatário para o testemunho. Isso é relevante, porque uma das primeiras perguntas que implicitamente o leitor faz ao suposto autor de uma autobiografia é: por que escreveu isto? O que há de singular ou notável na sua vida que justifica que a registre em livro? No caso da vida de Marta, que ela faz questão de descrever como medíocre e em grande parte frustrada, o leitor tem de se esforçar para buscar a motivação, isto é, a razão para a escrita e para o assunto. Com esses parágrafos finais, a tarefa e o desígnio da escrita estão justificados: as memórias de Marta-filha teriam como objetivo celebrar a memória de Marta-mãe. Um elemento totalmente novo e inesperado é introduzido nesse fecho do folhetim: tomamos conhecimento de que Marta teve uma filha. A seguir, ficamos sabendo que, em oposição à infância triste e bisonha da mãe, Cecília vivia sempre alegre, cercada do amor parental. Por fim, esse final da história é, em certo sentido, um *happy end*, pois ele nos apresenta uma Marta pacificada, que a maternidade parece ter resgatado da série de frustrações e infelicidades da própria infância. Isto é, apesar de se ter casado sem amor, e estar "resignada", Marta experimentaria uma vida doce e harmoniosa em família, viveria um período de tranquilidade e relativa felicidade, que a narrativa atormentada não permitia prever.

Esse fecho do romance, assim, acaba por atribuir à sua suposta autora, Marta, uma grande dose de conformismo e por apresentar o casamento e a maternidade como meios de obter a felicidade possível e pacificar um caráter revoltoso, explicado em momento anterior como vítima de histerismo. Trata-se, pois, de uma solução tradicional, que enfraquece o que o romance tem de mais avançado.

Provavelmente por isso Júlia Lopes de Almeida optou por suprimi-los, mantendo como foco do livro e da vida de Marta o esforço gorado de independência da mulher que vive da profissão e não tem no casamento (por amor ou conveniência), nem na maternidade, o objetivo ou o remédio da existência.

Quando refundiu o romance para a edição de 1930, Júlia Lopes de Almeida abriu a narrativa de Marta com estas palavras:

> O mundo de cada um é limitado pelo que abrangem os raios da sua capacidade visual ou pelo que lhe sugere a sua imaginação. Essa em mim sempre foi de fôlego curto, assim como o meu círculo social muito restrito. [...] Não tendo sabido viver, sinto entretanto um prazer confuso em reviver, em levantar os meus mortos, pôr-me a olhar para eles, e colher aqui e além, nos frangalhos da memória, a expressão fugidia de certas paisagens e de certos seres [p. 55].

Com essa abertura, a autora destaca, na primeira página do livro, algumas particularidades do que se vai ler. Em primeiro lugar, como já observamos, não se trata apenas de uma mulher contando sua história, mas de uma mulher que *escreve* sobre sua história. Além disso, a suposta autora se apresenta desde logo como pessoa de classe social baixa, que teve uma vida sofrida e comum; uma pessoa de visão restrita pela limitação cultural e pela pouca experiência de vida ("não tendo sabido viver"), além de ser dotada de pouca imaginação ("sempre foi de fôlego curto"). Não espere o leitor, portanto – ela parece dizer –, aventuras imaginosas, lances de heroísmo, intrigas, grandes lances de paixão ou sabedoria de vida; nem mesmo uma memória concatenada, mas sim evocação de frangalhos, originada de um comprazimento no rememorar que a autora mesma define como um "prazer confuso".

Ou seja, o livro se apresenta ao leitor como um texto escrito para obter o prazer ambíguo de remexer em memórias dolorosas, quase como uma purgação.

No entanto, assim que a leitura prossegue se vão afirmando as qualidades dessa autora que se apresenta tão diminuída na abertura do livro. Em primeiro lugar, ela consegue fazer uma representação bastante viva da vida da classe pobre citadina, confinada nos cortiços, sem nunca ceder a qualquer propósito demagógico ou programático. Numa linguagem direta e econômica, quase coloquial, ela não só descreve a brutalidade da vida das classes pobres no Rio de Janeiro de fins do século XIX, mas ainda procede a uma impiedosa e fria autoanálise.

Antes, porém, de prosseguir no comentário da trama e do estilo, tratemos das versões da obra.

## 3. As Edições em Livro

Depois que o romance foi incluído na relação de leituras obrigatórias de um grande vestibular nacional, surgiram várias publicações dele. Algumas, como esta, seguindo a de 1930, por ser a manifestação da última vontade da autora. Outras, entretanto, optaram por seguir o texto da primeira publicação em livro, de 1889, conforme os exemplares disponíveis da reimpressão de 1899. Por ainda existir no mercado essa primeira versão, vale a pena apresentar as principais diferenças entre ela e a edição de 1930, de modo que o leitor possa estar informado para escolher[11].

11. Duas edições que seguem o texto de 1889 são a publicada em 2020, no Rio de Janeiro, pela editora Janela Amarela, e a que saiu em 2024, em São Paulo, pela editora Via Leitura.

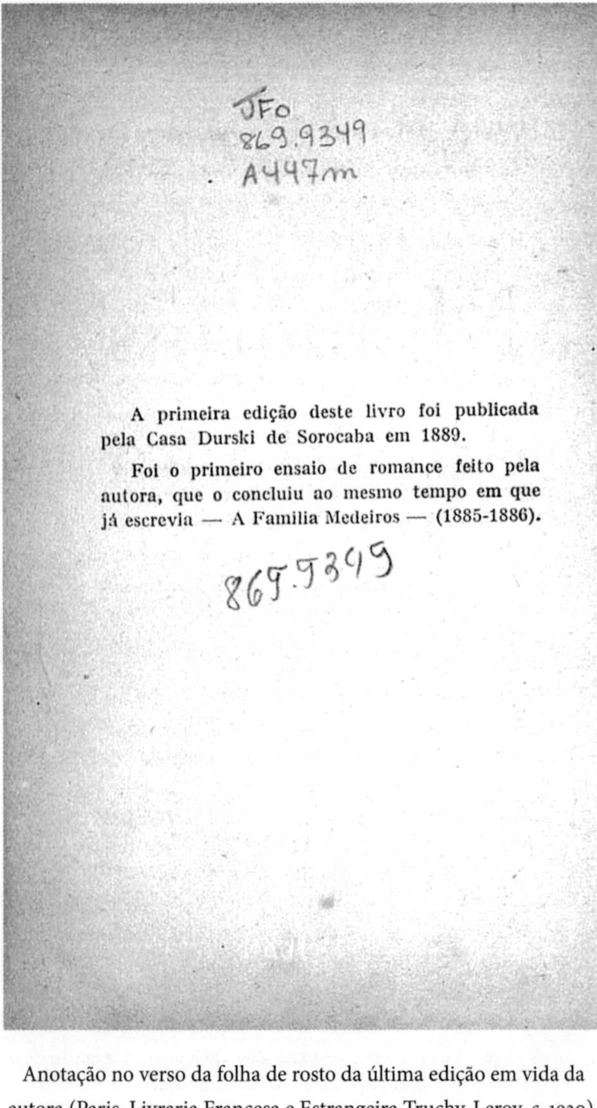


A primeira edição deste livro foi publicada pela Casa Durski de Sorocaba em 1889.

Foi o primeiro ensaio de romance feito pela autora, que o concluiu ao mesmo tempo em que já escrevia — A Familia Medeiros — (1885-1886).



Anotação no verso da folha de rosto da última edição em vida da autora (Paris, Livraria Francesa e Estrangeira Truchy-Leroy, *c.* 1930).

Na edição de 1889 não havia os parágrafos reflexivos introdutórios, que tratam do horizonte de cada um e sobre o prazer meio mórbido de repassar as memórias, e que justificam ao leitor a escrita do livro.

Outra diferença é a causa da morte do pai de Marta. Na edição antiga, o episódio era mais trágico: acusado injustamente de roubo, o pai não suportou a infâmia e a vergonha e se suicidou, ingerindo veneno. Já na de 1930, conseguiu manter nome honrado, embora se visse reduzido à pobreza, e morreu em decorrência da epidemia de febre amarela.

Outra alteração, de maior interesse, é que na refundição de 1930 se constrói, ao longo do romance, um novo núcleo simbólico, centrado no imperador e seu entorno. Na primeira versão, a Corte estava ausente. Não parecia haver nenhuma ponte entre este mundo e o mundo do cortiço em que vivia Marta. Nem mesmo entre esta e o mundo que, por momentos, ela frequentava, por conta da professora ou das colegas de escola. Mas agora há, como forma de acentuar a percepção da pobreza e da humilhação de Marta.

Por exemplo: no primeiro capítulo, como preparação para a cena da humilhação na frente do espelho de Lucinda, a autora introduziu o seguinte trecho:

> Na ânsia vaidosa de me mostrar outras coisas, levou-me ela depois ao salão. Mostrou-me o retrato do imperador encaixilhado em moldura de pelúcia. O pai ia ao paço e às leituras da Glória. Eu não entendia, mas arregalava os olhos assombrada. A mãe já fora também cumprimentar a imperatriz, e outra vez a princesa, no Palácio Guanabara [p. 63].

Mais adiante, no capítulo VIII, quando Marta sofre grave alteração emocional, que o médico diagnostica como histeria, a autora inclui de novo a figura do imperador, agora como possível gatilho da crise (o inserido é todo o trecho que vai desde "Comecei tarde a conhecer a vida" até "as suas barbas brancas", pp. 111-112)[12].

Por fim, como desenvolvimento último desse motivo, é incluído todo um novo episódio no romance: a frustrada tentativa de apresentação à imperatriz, nos capítulos IX e X, que leva Marta ao paço imperial (é o trecho que vai de "ela voltou para casa de ombros derreados" até "creio que foi a primeira vez na minha vida que eu sorri com ironia...", pp. 130-136).

Na edição final, assim, Júlia Lopes de Almeida acentua a tomada de consciência de Marta quanto à sua situação social, e investe mais na explicitação das suas reações a isso, como se dá, por exemplo, nesta reflexão psicologizante, inserida no capítulo VII:

> Essa crise moral fez-me ter mais tarde a percepção de que no fundo eu era *alguém*. Alguém que inconscientemente eu andava buscando na desorientação da vida... [p. 104]

A edição de 1930 acrescenta, ainda, um tom mais reflexivo, quase sentencioso, em algumas partes, bem como procede à suavização dos traços e estilemas mais naturalistas da edição de 1889.

Por exemplo, ao apresentar a filha da ilhoa, esta era descrita, numa metáfora bem ao gosto naturalista, como flor do pântano; já quando a mesma ilhoa espancava a filha, em 1889, a descrição era mais brutal do que em 1930, pois ela lhe desferia uma dúzia de murros tão fortes que jogavam a menina por terra. Por fim, é suprimida, em 1930, esta passagem

12. Note-se ainda que, em certo momento, como remédio às suas crises, Marta é aconselhada a tomar banhos terapêuticos, e o faz num trecho de praia ironicamente denominado "Banheiro do Imperador".

da crise histérica do capítulo x: "passava as noites em claro, revolvendo-me, mordendo-me, chorando; e de manhã, prostrada, adormecia profundamente".

Além disso, a edição de 1930 sublinhou o aspecto emocional da crise final de Marta. Na abertura do capítulo x, vem agora um parágrafo explicativo (o que vai desde "Sim, agora era a paixão, uma paixão horrível" até "em que eu, tão louca, tinha acreditado", p. 133), que se resume nesta frase: "Luís era minha obsessão, era o meu desespero". Em 1930, portanto, afasta-se ou pelo menos modaliza-se a explicação naturalista de 1889, isto é, que a crise se devia a uma causa orgânica, especificamente feminina, descrita pelo médico como histeria – que seria combatida ou curada com passeios e distrações, ou com o casamento.

Por fim, do ponto de vista da organização da obra, o capítulo v do livro antigo foi dividido em dois, de modo que a edição de 1889 tem doze capítulos e a edição de 1930 tem treze. Nesse caso, a intervenção parece ter sido feita para que a primeira metade do livro se encerrasse com a nomeação de Marta como professora adjunta, como a marcar a importância do fato para a reviravolta na vida da personagem.

Há ainda outras diferenças entre as duas edições, que não vale a pena esmiuçar. Com o que foi exposto, parece claro que o romance permaneceu, nas suas linhas essenciais, inalterado, sofrendo sobretudo intervenções destinadas a diminuir o peso da influência naturalista.

## 4. O Lugar da Mulher

Um ponto sempre sublinhado na atividade pública e literária de Júlia Lopes de Almeida – que já se encontra presente neste romance juvenil – é seu empenho na promoção da mulher, por meio da escolaridade e do exercício de uma profissão.

Em *Memórias de Marta*, a questão central é a possibilidade de uma mulher pobre superar essa condição e o esforço familiar necessário para isso. As soluções tradicionais eram o casamento ou a prostituição (que marca, aliás, presença no capítulo X, quando Marta e Clara se encontram). Mas desde o final do século XIX, a situação começa a mudar: a demanda por operários, funcionários e consumidores alfabetizados promoveu um incremento na educação, o que, por sua vez, ampliou o mercado de trabalho para professores. Abriu-se, então, às mulheres, a possibilidade de exercerem uma profissão valorizada socialmente. Esse foi o caminho escolhido por Marta (na verdade, configurava-se como o único possível naquela situação): ascender socialmente por meio do estudo e da obtenção de um cargo de professora.

Para a protagonista narradora, a conquista da profissão é motivo de orgulho, permite afirmação de independência e mesmo a manifestação de alguma rebeldia. Por exemplo, quando a mãe, que subsiste com dificuldades na profissão de engomadeira, insiste para que Marta se case com um homem de mais idade, seu cliente, ela responde: "Alcancei uma posição independente, não precisarei do apoio de ninguém".

Nesse ponto do romance, a transformação de Marta parece completa: ela aparenta ter superado a duras penas os complexos de inferioridade advindos da baixa extração social e da pouca beleza física, e parece estar pronta para constituir-se em exemplo para as gerações mais novas e tornar-se uma militante pela causa da independência feminina.

Júlia Lopes de Almeida, entretanto, não sustenta nem faz avançar a personagem nesse nível de contradição com os ditames do tempo. Quando a mãe lhe aconselha um casamento sem amor, Marta recusa a ideia. Entretanto, após martirizar-se pela constatação da própria feiura física, sentindo-se diminuída como pessoa, surpreendentemente conclui:

"[...] refleti que o meu casamento seria uma vingança para os ultrajes que a minha imaginação de moça recebera sempre".

Mas o que seria, para Marta, essa descabida imaginação de moça? A resposta é clara: seus devaneios românticos de felicidade no amor, e especialmente o ideal de um casamento que fosse uma relação igualitária. Nas suas palavras: a felicidade de "encontrarem-se e unirem-se para toda a vida duas pessoas de espírito afinado pelo mesmo diapasão, com as mesmas predileções e iguais tendências".

Sua frustração decorre não só de não ter encontrado, no seu meio, um tal pretendente, mas principalmente de o ter ingenuamente projetado em Luís, rapaz volúvel e superficial, para quem ela fora, afinal, apenas uma distração passageira durante as férias.

Ora, é justamente contra essa expectativa romântica do encontro de almas, que a mãe ergue o conselho de prudência e resignação, que por fim será acatado por Marta:

> [...] depois afirmou-me que nem sempre os maridos mais ilustrados eram os melhores. [...] Agora, quando, ao contrário, é a mulher a mais inteligente e a mais ilustrada, sendo ponderosa, sensata, boa, o marido venera--a, respeita-a, e faz-lhe sem temor as suas confidências de ventura e de pesares! Cabe-lhe a ela então disfarçar a diferença intelectual que entre os dois exista e procurar nivelar-se com ele ao mesmo tempo em que insensivelmente lhe vai polindo a educação. / Aí está toda a ciência [...] [p. 148].

Até decidir-se a aceitar esses conselhos e se casar com Miranda, Marta se definia pela luta para superar, pelos próprios méritos, a condição de pobreza em que a morte do pai a lançara, e sua personalidade se definia também pela revolta diante das desigualdades sociais que vivenciava no trânsito entre o cortiço e a casa das freguesas de sua mãe. Decidida, evidencia-

-se a contradição entre o casamento de conveniência e o rumo que parecia ter escolhido para sua vida de mulher independente. Por isso, o casamento lhe aparece como uma espécie de anulação de sua história e personalidade, e é por isso também que Marta dedica sua última noite de solteira à queima de papéis, registrando que se sentia "disposta a fazer desaparecer nas chamas todos os vestígios do meu passado".

A queima dos versos que Luís um dia lhe dedicou e que tanto a encantaram materializa a renúncia final – não sem grande dor, como mostra a cena de contemplação das estrelas – à esperança de viver um amor superior e igualitário entre homem e mulher; a queima dos seus próprios cadernos e papéis de estudo, por outro lado, parece simbolizar a anulação da memória do caminho que percorreu até se tornar a mulher orgulhosa de ser capaz de sustentar-se a si mesma, sem precisar de pai ou de marido.

Dessas hesitações de Marta quanto ao rumo a dar à sua vida, bem como da confissão dos motivos menos nobres da sua conduta (inveja da riqueza de umas, desprezo pela pobreza de outras), vai se configurando uma personalidade tensa, contraditória, não linear, complexa. Não temos aqui nem uma heroína romântica, de caráter forte, triunfante ou fracassada no confronto com a ordem social, nem uma personalidade determinada pelo meio ou pela genética, condenada a um destino qualquer. Pelo contrário, Marta é analítica, impiedosa na autoanálise, e plenamente responsável por seus atos e escolhas.

Por exemplo, no capítulo III, quando entrevê a possibilidade de seguir a carreira de professora, expõe claramente os seus motivos, que não incluem retribuição à mãe, nem o amor à profissão:

> Sonhando agora em ser mestra, eu não imaginava o descanso, o repouso ameno que eu lhe daria como recompensa dos grandes sa-

crifícios feitos por ela para meu bem-estar; eu não pensava em ser útil, em tornar-me necessária, imprescindível: eu queria ser mestra para não morar em um cortiço mal alumiado, infecto, úmido, nesta terra onde há tantas flores, tanta luz e tantas alegrias! [p. 83]

Entretanto, como anota a seguir, o estudo opera nela uma mudança que explicará em parte o seu gesto aparentemente menos compreensível. Vejamos:

> O ânimo novo criou prodígios; desenvolveu-se-me o gosto pelo estudo, bem amparado pela vigilância incansável da bondosa D. Aninha, muito mais maternal e muito mais ilustrada do que a antiga regente da escola. Eu era uma coisa. Foi ao seu impulso que me tornei – gente [p. 84].

A transformação foi radical, e sua importância é assinalada não só pela força da expressão "tornar-se gente" – que é o mesmo que dizer tornar-se humano, evoluir moralmente, ganhar qualidades, obter maturidade –, mas também pela forma do registro, com o travessão a enfatizar, a colocar mais peso na palavra final. Ou seja, em lugar de um elogio abstrato do valor do estudo e da instrução, o romance *mostra* o seu potencial transformador.

É a essa transformação que se pode creditar a aparente incoerência da decisão de se casar "por vingança", porque, se bem analisada, essa abdicação das suas crenças se faz unicamente em benefício da paz de espírito da mãe. Ou seja, se é uma vingança contra si mesma, é uma vingança contra a sua arrogância anterior, que a impedia de perceber a dimensão do que custara à mãe a sua mudança de nível de vida. Nesse quadro, a aceitação do casamento com Miranda não é mais uma insuportável capitulação aos ditames sociais, mas um puro ato de retribuição ao sacrifício materno, buscando a tranquilidade da sua benfeitora. Como se lê no final do romance:

> A minha maior felicidade consistiria em remunerá-la com largos juros de todos os sacrifícios feitos por mim, por isso preparava-lhe um resto de vida plácido; mas, coitadinha! vendo-me amparada, com um auxílio certo e honrado, deixou-se descansar da grande luta que havia tantos anos travara com a morte [p. 153].

Nem por sentir que tinha de alguma forma pagado a dívida com a mãe com os juros altos da desistência de seus ideais de autonomia, Marta termina a narrativa em paz[13]. Pelo contrário, a morte da mãe nos primeiros dias após o seu casamento – como se tornasse vão o seu próprio sacrifício – lança-a de novo numa violenta crise de nervos, como as que a acometeram durante toda a vida, inclusive mordendo-se, raivosa:

> [...] tive ataques violentos, toda a tarde, rasgando o vestido, mordendo-me, batendo com a cabeça na cabeceira da cama e nas paredes, cerrando os dentes a todos os remédios e alimentos, num desespero atrocíssimo e indomável [p. 155].

A densidade desse romance, portanto, provém, na sua última parte, do conflito íntimo de Marta, dividida entre o desejo de ascensão social, o anseio maior de independência, e o amor da mãe – que tenta retribuir, a qualquer preço. Apresentar esse conflito sem demagogia nem sentimentalismo, com grande economia de meios e palavras, é um dos méritos desse romance. O maior, porém, é, com isso, obrigar o leitor dessa breve autobiografia a se demorar na análise de uma personalidade

13. Como já assinalado, a conquista da paz por Marta só comparecia na primeira versão do romance, em folhetins de jornal. Neste ponto da análise, parece evidente que o romance ganhou em complexidade com a retirada daqueles parágrafos finais.

bastante complexa para, por fim, refletir indiretamente sobre o lugar da mulher na sociedade brasileira de finais do século XIX.

## 5. O Estilo de Marta

Num livro clássico sobre a prosa brasileira, Lúcia Miguel Pereira assim descreve a maneira de Júlia Lopes de Almeida:

> Narrados agradavelmente, entretanto, misturando à observação uma certa dose de romantismo, os livros de Júlia Lopes, se nada possuem de original, revelam no seu tom familiar, na sua completa ausência de artifícios, de afetação, inegáveis dons literários. A simplicidade, tão rara sempre, e ainda mais no tempo em que escreveu, é a sua qualidade dominante[14].

No mesmo trabalho, Lúcia Miguel Pereira, ao comentar a apreciação de José Veríssimo, que dizia preferir Júlia Lopes de Almeida a Coelho Neto, acrescenta:

> Não sei se se poderá subscrever a opinião de Veríssimo; mais equilibrada, mais medida – talvez medida demais –, a autora da *Falência* não possui entretanto o poder criador do *Morto*; se este se prejudicou pela instabilidade, pelo ecletismo, aquela padecerá de uma certa monotonia; se este se desmandou em floreios verbais, aquela, como bem notou Nestor Vítor, não revela, no estilo, nenhum feitio pessoal[15].

14. Lúcia Miguel Pereira, *História da Literatura Brasileira – Prosa de Ficção – De 1879 a 1920*, São Paulo/Belo Horizonte, Edusp/Itatiaia, 1988, pp. 260-261.
15. *Idem*, p. 260. A apreciação de Nestor Vítor que ela refere é esta: "[...] com o cuidado visível que põe a Sra. D. Júlia Lopes em escrever corretamente, acontece um pouco ao seu estilo o que se dá com a caligrafia das senhoras em geral, das professoras antes de tudo, as quais para não saírem dos preceitos tornam sua letra mais ou menos incaracterística. / Não tem muito

A questão aparece aí bem equacionada. Comparada a um contemporâneo exato (Coelho Neto, 1864-1934), cuja obra envelheceu por conta do empenho excessivo no adorno e no cuidado da linguagem, destaca-se ainda mais a qualidade principal do seu estilo incaracterístico, mas de cuidada extração lusitana.

No final de sua vida, Júlia Lopes de Almeida por algum motivo voltou ao seu primeiro romance, ao mesmo tempo que se dedicava ao que seria seu último, *Pássaro Tonto*, publicado postumamente.

A contraposição de ambos os trabalhos de que se ocupou nos seus últimos anos é interessante. Em *Pássaro Tonto*, o estilo neutro - e ali até mesmo algo descuidado, dando impressão de composição apressada - não garante o interesse da leitura, apesar da temática atualíssima.

Da mesma forma, a leitura extensiva da obra da escritora, em que pesem as suas qualidades, pode conduzir a um julgamento duro como o de Nestor Vítor, já que mesmo nos seus romances mais conhecidos, como *A Falência* ou *A Família Medeiros*, o estilo plano, sem fortes marcas de individualidade, pode ser sentido como deficiência.

Em *Memórias de Marta* dá-se o contrário: há uma adequação entre, por um lado, o estilo mais ou menos anódino, de linguagem correta e direta, sem experimentações ou coloquialismos, e, por outro, a história pessoal e a personalidade da suposta autora.

Há também consonância entre essa personalidade, sua intenção em recompor narrativamente os fios do seu passado e a forma preferencial de articular a narrativa, em ordem linear, sem sobressaltos nem surpresas.

modo brasileiro no escrever, a nossa notável autora; se se afirma qualquer peculiaridade na construção dos seus períodos, essa parece antes mais de feição lusitana" (Andrade Muricy (org.), *Obra Crítica de Nestor Vítor*, Rio de Janeiro, Fundação Casa de Rui Barbosa, 1969, p. 388, vol. 1).

Por tudo isso, não seria descabido apontar *Memórias de Marta* como uma das obras mais densas e mais bem realizadas, dentre os livros mais representativos da escritora. E mesmo as intervenções na edição final nada retiraram da força e do frescor desse romance inaugural da profícua carreira literária da autora.

## Referências Bibliográficas


Almeida, Júlia Lopes de. *A Falência*. Edição comentada por Regina Zilberman. Campinas, Editora da Unicamp, 2018.

______. *Memórias de Marta*. Org. e apresentação Rosane Saint-Denis Salomoni. Florianópolis, Mulheres, 2007.

______. *Memórias de Marta*. Paris, Livraria Francesa e Estrangeira Truchy-Leroy, c. 1930. Disponível em: https://literaturabrasileira.ufsc.br/documentos/?action=download&id=141210.

______. *Memórias de Marta*. Rio de Janeiro, Janela Amarela, 2020.

______. *Memórias de Marta*. São Paulo, Via Leitura, 2024.

______. *Memórias de Marta*. Sorocaba, Casa Durski, 1899. Disponível em: https://digital.bbm.usp.br/handle/bbm/7037.

______. *Pássaro Tonto*. Atualização, introdução e notas Juliana Brina. 2. ed. Munique, Sem Classe Editorial, 2021.

Martins, Wilson. *História da Inteligência Brasileira*. Ponta Grossa, Editora da UEPG, 2010.

______. "Questão de Perspectiva". *Gazeta do Povo*, 14 nov. 2005. Caderno G, p. 2. Disponível em: http://www.jornaldepoesia.jor.br/wilsonmartins113.html.

Pereira, Lúcia Miguel. *História da Literatura Brasileira – Prosa de Ficção – De 1879 a 1920*. São Paulo/Belo Horizonte, Edusp/Itatiaia, 1988.

Vítor, Nestor. "'*Livro das Damas e Donzelas*' por D. Júlia Lopes de Almeida". *Obra Crítica de Nestor Vítor*. Org. Andrade Muricy. Rio de Janeiro, Fundação Casa de Rui Barbosa, 1969, vol. 1.

*Ex-libris* da Academia Carioca de Letras, em comemoração ao centenário de nascimento de Júlia. *Fonte*: Acervo da família/RSDS.

# Um Lar de Artistas*

## João do Rio

"Pois eu em moça fazia versos. Ah! não imagina com que encanto. Era como um prazer proibido! Sentia ao mesmo tempo a delícia de os compor e o medo de que acabassem por descobri-los. Fechava-me no quarto, bem fechada, abria a secretária, estendia pela alvura do papel uma porção de rimas…

"De repente, um susto. Alguém batia à porta. E eu, com a voz embargada, dando volta à chave da secretária: já vai! já vai!

"A mim sempre me parecia que se viessem a saber desses versos em casa, viria o mundo abaixo. Um dia, porém, eu estava muito entretida na composição de uma história, uma história em verso, com descrições e diálogos, quando senti por trás de mim uma voz alegre: – Peguei-te, menina! Estremeci, pus as duas mãos em cima do papel, num arranco de defesa, mas não me foi possível. Minha irmã, adejando triunfalmente a folha e rindo a perder, bradava: – Então a menina faz versos? Vou mostrá-los ao papá! Não mostres! É que mostro!

"– Vai fazê-lo zangar comigo. Não sejas má!

"Ela ria, parecendo refletir. Depois deitou a correr pelo corredor. Segui-a comovidíssima. Na sala, o papá lia gravemente o *Jornal do Commercio*.

* João do Rio, "Um Lar de Artistas", *O Momento Literário*, Rio de Janeiro, H. Garnier, 1908, pp. 23-34. Disponível em: https://digital.bbm.usp.br/handle/bbm/1977.

"– Papá, a Júlia faz versos! – Não senhor, não lhe acredites nas falsidades! – Pois se eu os tenho aqui. Olha, toma, lê tu mesmo...

"Meu pai, muito sério, descansou o *Jornal*. Ah! Deus do céu, que emoção a minha! Tinha uma grande vontade de chorar, de pedir perdão, de dizer que nunca mais faria essas coisas feias, e ao mesmo tempo um vago desejo que o pai sorrisse e achasse bom. Ele, entretanto, severamente lia. Na sua face calma não havia traço de cólera ou de aprovação. Leu, tornou a ler.

"A folha branca crescia nas suas mãos, tomava proporções gigantescas, as proporções de um grande muro onde na minha vida acabara a alegria... Então, que achas? O pai entregou os versos, pegou de novo o *Jornal*, sem uma palavra, e a casa voltou à quietude normal. Fiquei esmagada. Que fazer para apagar aquele grande crime? No dia seguinte, fomos ver a Gemma Cuniberti[1], lembra-se? uma criança genial. Quando saímos do espetáculo, meu pai deu-me o seu braço. – Que achas da Gemma? – Um grande talento. – Imagina! O Castro pediu-me um artigo a respeito. Ando tão ocupado agora! Mas o homem insistiu, filha, insistiu tanto que não houve remédio. Disse-lhe: não faço eu, mas faz a Júlia...

"Minha Nossa Senhora! Pus-me a tremer, a tremer muito. O pai, esse, estava impassível como se estivesse a dizer coisas naturais: – Estamos combinados, pois não? O prometido é devido. Fazes amanhã o artigo. Sei lá o que respondi! O certo é que não dormi toda a noite, nervosa, imaginando fra-

1. *Gemma Cuniberti*: atriz italiana, nascida em 1872, que fez muito sucesso em criança. Abandonou o palco logo após uma viagem triunfal à América, em 1881, ocasião de sua passagem pelo Brasil. A crônica a que se refere Júlia foi publicada em 7 de dezembro de 1881, no jornal *Gazeta de Campinas*.

Gemma Cuniberti, em Milão, Itália, 1880.
*Fonte*: Musei Civici del Comune di Trieste.

ses, o começo do artigo. Pela madrugada, julgava impossível escrevê-lo, tudo parecia banal ou extravagante. Mas depois do almoço, antes de sair, o pai lembrou-me como se lembra a um escritor: – Vê lá, Júlia, o artigo é para hoje. Tenho que o levar à noite. Havia um jornal que exigia o meu trabalho. Era como se o mundo se transformasse. Sentei-me. E escrevi assim o meu primeiro artigo... Só mais tarde, muito mais tarde, é que vim a saber a doce invenção de meu pai.

"O Castro nunca exigira um artigo a respeito da Gemma..."

Estávamos na casa de Filinto de Almeida, um *cottage*[2] admirável, construído entre as árvores seculares da Estrada de Santa Teresa. Eu descera do *tramway*[3] sob uma forte carga de chuva e, enlameado, molhado, embaixo da branca escada de mármore, não sabia como explicar tão lamentável estado. Filinto, porém, com um ar levemente imperioso, o seu ar quando começa a simpatizar com alguém, tomara-me o chapéu e D. Júlia sorria, cheia de bondade.

– Entre. Ninguém vê, estamos combinados que ninguém reparará na má ação do temporal.

Fora assim que eu ousara entrar e já trinta minutos havia que ouvíamos deliciados a dona daquele lar.

A casa de Filinto fica a dez minutos da cidade e é como se estivesse perdida num afastado bairro. Não há vizinhos; não há trânsito pela estrada, a não ser o bonde de quarto em quarto d'hora. Uma grande paz parece descer das árvores. Todas as janelas estão abertas.

A sala, de um largo conforto inglês, tem uma biblioteca com os livros preferidos dos poetas, um vasto *bureau* cheio de papéis e revistas, e uma porção de quadros com assinatu-

2. *Cottage*: termo inglês que designa uma casa de campo ou chalé.
3. *Tramway*: sistema de transporte público por bondes.

Casa de Júlia e Filinto, onde tinha lugar o "Salão Verde".
*Fonte*: Acervo da família/RSDS.

ras notáveis de Souza Pinto, Amoedo, Parreiras... Um perpétuo cenário de apoteose divisa-se das janelas – o cenário do Rio com o seu estrépito de sons e de cores, o tumulto das ruas estreitas, os montes escalavrados de casas, o perfume dos jardins e a enorme extensão da baía ao fundo.

Toda a cidade, estendendo por monte e vale o formigamento dos seus bairros, trechos da Gamboa, trechos centrais, torres de igrejas, a cúpula da Candelária, tetos envidraçados de frontões, altas chaminés de fábricas, palácios, casas miseráveis, pedaços de mar obstruídos de mastros, parece cantar o ofertório da vida. Ah! a humanidade da grande colmeia!

Quantos soluços, quantas alegrias, quantas raças! A chuva passara, o mormaço ia a pouco e pouco esfacelando as nuvens baixas e o panorama aumentava, crescia, assombrava com leves tons de azul e ouro, um panorama épico de porto de mar latino...

– Este cenário lembra-me sempre aquele livro seu – *A Viúva Simões*. Não imagina a impressão desse trabalho na minha formação de pobre escrevinhador.

Que intensidade de vida! Sempre perguntava a mim mesmo: onde foi buscar D. Júlia um tipo de tão penetrante realidade?

– Onde? Mas é uma história inventada.

– Não é um livro *à clef*?[4]

– Não, não é, não há trabalho meu, com exceção dos "Porcos" e da *Família Medeiros*, que não seja pura imaginação. O caso dos "Porcos" eu ouvi contar numa fazenda, quando ainda era solteira. Os homens do mato são em geral maus. A narração era feita com indiferença, como se fosse um fato comum. Horrorizou-me. A *Família Medeiros* tem dois ou três tipos que guardam impressões reais. Os outros não, são fantasia.

"Não imagina como me aborrece a ideia de fazer romances com histórias verdadeiras. E entretanto sou vítima dessa suposição. A *Viúva Simões* é a história de uma senhora conhecida; a *Intrusa*, ainda outro dia Afonso Celso perguntou a meu marido se era um romance *à clef*... Andava muito contente com aquele conto: "A Valsa da Fome". Mandei o volume a uma das minhas primas em Lisboa e recebi logo uma carta sua. Oh! "A Valsa da Fome", a verdade dessas páginas! Há dezesseis dias em Cascais deu-se um fato idêntico. Apenas o fim é que é diverso. Os rapazes levaram o pianista a jantar e ele desmaiou...

4. *À clef*: expressão francesa que literalmente significa "com chave". É usada para designar um romance em que as personagens e eventos são baseados em pessoas reais, mas identificados de forma fictícia. A "chave" é a informação que permite ao leitor a identificação das referências.

Nós sorríamos.

– Que se há de fazer? Quantos há por aí copiando a verdade, que são sempre falsos? D. Júlia tem a luminosa faculdade de criar, e trata os personagens da fantasia como educa os seus filhos. É a vida.

– Oh! os meus personagens. Às vezes são até inconvenientes. A gente inventa-os e no meio do livro eles começam a discutir, a ter desejos, a forçar as portas da atenção. A *Intrusa*, por exemplo, quando a fantasiei, devia aparecer muito pouco...

Uma criança loira, de uma beleza de narciso, aparece à porta. É a Margarida. As suas longas mãos no ar, chamando a mãe, são tão finas e rosadas que recordam as pétalas dos crisântemos. D. Júlia levanta-se.

Em cima: Júlia com os filhos Afonso (à esquerda) e Albano (à direita).
Embaixo: Filinto com as filhas Lúcia (à esquerda) e Margarida (à direita).
*Fonte*: Acervo da família/RSDS.

– Vou ver o Albano, coitadinho... Já não o vejo há muito tempo.

Ficamos sós um instante.

– Há muita gente que considera D. Júlia o primeiro romancista brasileiro.

Filinto tem um movimento de alegria.

– Pois não é? Nunca disse isso a ninguém, mas há muito que o penso. Não era eu quem devia estar na Academia, era ela.

Esse sentimento de mútua admiração é um dos encantos daquele lar. Filinto esquece os seus versos e pensa nos romances da esposa. Leva-a a certos trechos da cidade para observar o meio onde se desenvolverão as cenas futuras, é o seu primeiro leitor, ajuda-a com um respeito forte e másculo. D. Júlia ama os versos do esposo, quer que ele continue a escrever, coordena o volume prestes a entrar no prelo. E ambos, nessa serena amizade, feita de amor e de respeito, envolvem os filhos numa suave atmosfera de bondade.

– Tens no teu questionário uma pergunta a respeito da influência do jornalismo. Nós todos somos um resultado do jornalismo. Antes da geração dominante não havia bem uma literatura. O jornalismo criou a profissão, fez trabalhar, aclarou o espírito da língua, deu ao Brasil os seus melhores prosadores. Não é em geral um fator bom para a arte literária, e talvez no Brasil não o seja muito em breve, mas já foi e ainda o é. Falas também das literaturas à parte. Tivemos a *Mina*[5] da Bahia, a *Padaria*[6] do Ceará, temos os ocultistas decadentes do

5. *Mina*: referência ao grupo Mina Literária, de finais do século XIX, integrado por importantes intelectuais como José Verissimo e Inglês de Souza. A autora se equivoca ao situar a Mina Literária na Bahia: o movimento, que dialogava com a Padaria Espiritual, foi criado no Pará.

6. *Padaria Espiritual*: movimento literário e artístico que existiu de 1892 a 1896 em Fortaleza (CE). Adolfo Caminha foi um de seus integrantes mais conhecidos.

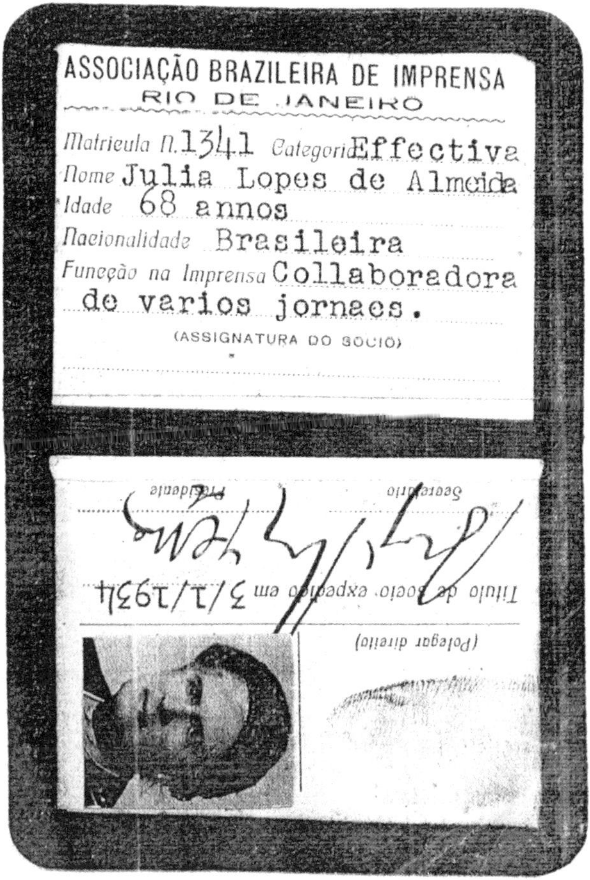
ASSOCIAÇÃO BRAZILEIRA DE IMPRENSA
RIO DE JANEIRO

Matricula n. 1341 Categoria Effectiva
Nome Julia Lopes de Almeida
Idade 68 annos
Nacionalidade Brasileira
Funcção na Imprensa Collaboradora de varios jornaes.

(ASSIGNATURA DO SOCIO)

Presidente

Secretario

Titulo de socio expedido em 3/1/1934

(Polegar direito)

Carteira da escritora na Associação Brasileira de Imprensa.
*Fonte*: Acervo da família/RSDS.

Paraná, mas tudo isso mais ou menos desaparece ou tende a desaparecer. A literatura centralizou-se no Rio. Os rapazes de talento abandonam a província pela capital, e quando lá estão são sempre reflexos daqui. Não existirá nunca a arte regional.

Mas aparece a Lúcia, a outra filha, uma beleza brasileira, morena, redondinha, acariciadora.

Filinto abandona a arte regional, a *Mina*, a *Padaria*, os decadentes, para cobri-la de beijos.

– Sabes como eu a chamo? *Sinhá Midobi.* Ai! a minha filha! E faz versos. Esta casa está perdida, fazem todos versos, são todos poetas, o menos poeta sou eu...

D. Júlia volta.

– Então o Albano?

– Bem, está direito. Sabe o Sr. que é muito difícil responder ao seu inquérito? Tem tanta cousa! Começa logo com uma pergunta complexa a respeito de formação literária. Tive duas criaturas que a fizeram – meu pai e meu marido. Em solteira, meu pai dava-me livros portugueses – o Camilo, o Júlio Diniz, Garrett, Herculano. Já publicara livros quando casei, e só depois de casada é que li, por conselho de meu marido, os modernos daquele tempo – Zola, Flaubert, Maupassant.

– Maupassant causou-lhe uma grande impressão. *A Viúva Simões...*

– Eu li Maupassant depois de publicada *A Viúva Simões.* Sou de muito pouca leitura.

Era capaz de passar a vida lendo, mas uma dona de casa não pode perder tanto tempo. E até fico nervosa quando vejo livros por abrir. Seria tão agradável gastar a existência lendo!...

Quem entretanto cuidaria dos filhos, dos arranjos da casa?

– Como faz os seus romances, D. Júlia?

– Aos poucos, devagar, com o tempo. Já não escrevo para os jornais porque é impossível fazer crônicas, trabalhos de

FESTA EM HONRA

A

D. JULIA LOPES DE ALMEIDA

No salão nobre do "Jornal do Commercio"

Em 24 de setembro de 1915, ás 8 1/2 horas da noite

PROGRAMMA

1.ª PARTE

I - *Saudação* - por Alberto de Oliveira.

II - *Conto* de D. Julia Lopes de Almeida - por D. Rosalina Coelho Lisboa;

III - Trecho do livro *Elles e Ellas* - por D. Albertina Bertha.

IV - *A noiva que eu desejo*, do livro "Cartas da Roça" - por D. Leonor Posada.

V - *Madrugada*, soneto de Filinto de Almeida - por D. Maria Coutinho de Amorim

2.ª PARTE

I - *Grave* - Friedemann Bach; "Tempo de Menuetto" - Pugnani - por D. Paulina de Ambrosio (Violino).

II - *Aria* - X - por D. Rosalia Murçal (Canto).

III - *Fantaisie Pastorale e Hongroise* de F. Soppler (Flauta) - por Pedro de Assis e D. Estrada Meyer.

IV - *Melodia* - X - D. Bellah de Andrade.

V - *Carnaval* - Schumann, (op. 9) Charley Lachmund (piano). Acompanhamentos ao piano por L. Wetterle,

3.ª PARTE

I - Versos - por Olavo Bilac.
II - » » Heitor Lima.
III - » » Osorio Duque Estrada.
IV - » » Humberto de Campos.
V - » » Lyndolpho Xavier.
VI - » » Bastos Tigre.
VII - » » João Luso.
VIII - » » Luiz Edmundo.
IX - » » Augusto de Lima
X - » » Emilio de Menezes.

Programa da festa em honra de Júlia Lopes de Almeida, realizada em 24 de setembro de 1915. Note-se a presença de alguns dos escritores mais célebres do tempo. Entre outros: Olavo Bilac, Alberto de Oliveira, Osório Duque Estrada, Humberto de Campos e Emílio de Meneses. *Fonte*: Acervo da família/RSDS.

começar e acabar. Idealizo o romance, faço o *canevas*[7] dos primeiros capítulos, tiro uma lista dos personagens principais, e depois, hoje algumas linhas, amanhã outras, sempre consigo acabá-lo. Há uma certa hora do dia em que as coisas ficam mais tranquilas. É a essa hora que escrevo, em geral depois do almoço. Digo às meninas: – Fiquem a brincar com os bonecos que eu vou brincar um pouco com os meus. Fecho-me aqui, nesta sala, e escrevo. Mas não há meio de esquecer a casa. Ora entra uma criada a fazer perguntas, ora é uma das crianças que chora. Às vezes não posso absolutamente sentar-me cinco minutos, e é nestes dias que sinto uma imperiosa, uma irresistível vontade de escrever…

– E apesar disso, diz Filinto, tem doze volumes publicados e começa a escrever um grande romance.

– Oh! Um livro muito difícil, apenas esboçado, sobre a vida das praias, dos pescadores.

D. Júlia está sentada na sombra, fala dos livros e dos filhos ao mesmo tempo. Estou a crer que os confunde e pensa nos personagens da fantasia criadora como beija os meigos frutos da sua vida. É calma, repousada, doce a sua voz, como são maternais os gestos seus. Qualquer coisa de suave e de simples aureola-lhe o semblante, impõe a veneração. Uma grande sinceridade, tal que decerto, ao ouvi-la, as almas mais retraídas lhe devem confessar a vida e pedir-lhe conselhos, como se pede aos bons e aos misericordiosos.

– E que me diz das escolas em luta, do socialismo, do nefelibatismo, do feminismo?

– Há tudo isso?

– Pelo menos parece. A *Regeneração*, o *Ideólogo*, Tolstói, e logo depois Stirner, Nitzsche, o naturismo, o simbolismo…

7. *Canevas*: palavra francesa que signfica esboço, plano.

– Deus do céu! É verdade que eu leio pouco. Alguns desses senhores entretanto (creio que os nefelibatas)[8] são por demais complicados. A arte, para mim, é a simplicidade. Ser simples e sóbrio é um ideal. Eles, ao contrário, confundem, torturam, torcem.

– A verdade é que nós atravessamos um período estacionário, intervém Filinto. Esse mesmo nefelibatismo passou. A geração vitoriosa é ainda a de Bilac, Alberto, Raimundo na poesia e Machado de Assis, Neto, Aluísio na prosa.

– E o feminismo, que pensa do feminismo?

Parece-me ver nos olhos de D. Júlia um brilho de vaga ironia.

– Sim, com efeito, há algumas senhoras que pensam nisso. No Brasil, o movimento não é contudo grande. Acabo de receber um convite de Júlia Cortines para colaborar numa revista dedicada às mulheres. Descanse! Há uma seção de modas, é uma revista no gênero da *Femina*...[9]

Já passa de duas horas o tempo em que eu, numa *causeuse*[10] de couro, interrogo inquisitorialmente os dois artistas. Levanto-me.

– Vai-se embora? Tão cedo?

– Duas horas! Há lá embaixo, naquela fornalha, uma outra fornalha que me espera – o jornal. Despeço-me.

– Ainda uma pergunta: dos seus livros qual prefere?

8. *Nefelibatas*: literalmente que andam nas nuvens. Usado na época para descrever artistas ou escritores que viveriam em um mundo de fantasia, afastados da realidade.

9. *Femina*: revista francesa criada em 1901 e descontinuada em 1954. Tinha por subtítulo "a revista ideal para mulheres e meninas". Deu origem ao importante Prêmio Femina, cujo júri é composto apenas por mulheres.

10. *Causeuse*: palavra francesa derivada do verbo *causer* = conversar. Designa um pequeno sofá para duas pessoas. É o equivalente do que no Brasil se denomina "namoradeira".

– Vai ficar admirado.

– É a *Falência*?

– Não.

– O primeiro?

– Não, é a *Casa Verde*, porque foi escrito de colaboração com meu marido. *A Casa Verde* lembra-me uma porção de momentos felizes…

– Imagina eu fazendo romances! Era porque ela queria. Também só me sentava à mesa depois que me dizia: tem que fazer um capítulo hoje com estes personagens, dando-lhe este desenvolvimento.

D. Júlia sorri. Como o *tramway* passe, precipito-me, e, ao tirar o chapéu, já dentro do carro, vejo no terraço os três airosos perfis dos três petizes de Filinto, que adejam no ar as mãozinhas de rosas.

Então, enquanto o *tramway* descia a montanha, com a visão daquelas duas horas embaladoras, eu pensei que o adeus perfumado das crianças fora como um resumo e um símbolo do espírito daquele lar. Filinto dividiu o tempo entre o esforço material e o verso, para lhes dar o conforto. D. Júlia, a criadora genial, tem a doce arte de ser mãe. E os seus livros não são outra coisa, na sua intensa verdade, que a evocação do Amor, do Amor multiforme, fatal como o viver, o Amor em que se desnastra como um harpejo de alegria, como a esperança mesma da vida presente, crendo no futuro, o riso cantante das crianças…

JULIA LOPES DE ALMEIDA

# Memorias de Marta

LIVRARIA FRANCESA E ESTRANGEIRA
TRUCHY-LEROY
9, Rue Campagne-Première, PARIS

Página anterior: frontispício da edição francesa publicada pela Livraria Francesa e Estrangeira Truchy-Leroy, Paris, *c.* 1930.

# I

O mundo de cada um é limitado pelo que abrangem os raios da sua capacidade visual ou pelo que lhe sugere a sua imaginação. Essa em mim sempre foi de fôlego curto, assim como o meu círculo social muito restrito. Uma e outra coisa tornaram-me como que medrosa de mim mesma. Não tendo sabido viver; sinto entretanto um prazer confuso em reviver, em levantar os meus mortos, pôr-me a olhar para eles, e colher aqui e além, nos frangalhos da memória, a expressão fugidia de certas paisagens e de certos seres.

Monotonia, pobreza. Muito ao longe, um gato cinzento – o "Chimarrão" –, porque nos tinha sido dado por um rio-grandense; um ângulo de quintal onde eu permanecia a brincar à sombra de uma casuarina a cuja vigilância minha mãe parecia confiar-me. Lembro-me ainda de a ouvir dizer quando me queria afastar de si:

– Vai para a casuarina.

Às vezes penso que naquela árvore existia uma alma humana, tanto ela me entretinha, atirando-me aos pés as suas agulhas[1], que eu enfeixava; dando-me sombra, ou pondo-se a cantar, se o vento a agitava. Na própria saudade com que a evoco, ou com que, fora de nenhum propósito, ela se desenha

1. *Agulhas*: folhas finas e pontiagudas, em formato de agulhas, como as do pinheiro.

na minha lembrança imensa e rumorosa, tenho a impressão de uma consciência a querer comunicar-se com a minha.

Foi na casa da casuarina que vivi até aos cinco anos. Do interior lembro-me principalmente do papel ordinário da sala de jantar, pintalgado de chins[2] e de quiosques. Eu morava em um deles, representada por uma sujeitinha minúscula de bata cor de anil.

Todas as outras da pintura eram minhas comadres. De algumas coisas mais me recordo às vezes, mas numa fugacidade tal que não me deixam a sensação da saudade, mas a da dúvida.

Só a casuarina…

Foi nesse prédio da rua de Santa Ana que meu pai morreu de febre amarela[3]. A epidemia nesse ano não se contentara com pouco. Só no quarteirão em que morávamos, todo constituído por pequenas casas de porta e janela, tinham morrido mais de cem pessoas. E atribuíram a morte de meu pai ao ter ele comido duas mangas num armazém da Alfândega[4], onde trabalhava. O terror pela fruta inocente ficou por amor disso implantado na família. Durante o período da doença, tanto a minha mãe, como a preta velha que a ajudava nos serviços domésticos, mal bastavam para os cuidados exigidos pelo enfermo, a cujo leito deixavam-me encostar, inconscientemente. No dia do enterro tive medo. A casa encheu-se de vizinhas

2. *Chins*: imigrantes ou descendentes de imigrantes chineses.
3. *Febre amarela*: doença viral transmitida pelo mosquito *Aedes aegypti*. Houve, no Brasil, grandes epidemias de febre amarela, como a de 1850, no Rio de Janeiro, causando milhares de mortes. Em 1889, a doença dizimou mais de 3% da população de Campinas, onde Júlia passou parte da adolescência. Em 1903, começou a campanha de vacinação no Rio de Janeiro, mas a epidemia reapareceu alguns anos depois, em 1928.
4. *Alfândega*: rua onde ficava a alfândega no século XVIII; bairro popular, no século XIX.

mais curiosas que prestativas. Ninguém se receava do contágio. Todo o mal atribuído às frutas: meu pai pelas mangas; a menina em frente por ter chupado cajus quentes do sol...

À hora da saída do corpo arrastaram-me à força para a última despedida, queriam que eu beijasse o cadáver. Debati-me, mordi os dedos que me seguravam e num arranco fugi para o quintal a refugiar-me sob a árvore protetora.

Como ela cantava!

Março agonizava assoprado por um vento quente, precursor de tempestade; um vento que não aliviava os corpos abrasados mas agitava as ramagens. A casuarina cantava como se quisesse fazer-me esquecer a cena lúgubre.

Mas eu não esquecia.

Com as costas unidas ao muro, os olhos secos de espanto, sufocando as palpitações do meu coraçãozinho como se a sua bulha bastasse para chamar sobre mim a atenção de toda a gente, fiquei muda, sentindo no corpo a frialdade daquele cadáver, com a sensação de que me iriam buscar para me embrulharem na sua roupa de espectro, larga, escura, cortada pelos traços longos dos dois cordões brancos.

Na morte, não era o pavor da cova negra o que me assustava mais, era a presença do Pai do Céu, de que me falavam a todo o instante, como uma punição para as minhas travessuras e um prêmio para virtudes que eu não conhecia e me pareciam de assombro!

Efetivamente, que ouvia eu desde manhã até à noite?

"Menina não faça assim, que Deus castiga."

Deus castiga!...

Por isso eu tremia toda, pensando que me queriam levar com meu pai para a presença desse juiz inflexível, tão alto que se não pudesse curvar até as minhas faces lacrimosas para o beijo da piedade e do perdão.

Já o corpo do finado ia nos solavancos do carro de terceira classe[5] pela rua fora, quando minha mãe foi buscar-me. Vendo-a gritei que me deixasse e debati-me entre os seus braços.

Dizem que o som da voz de quem morreu é a primeira coisa que se perde na lembrança de quem fica, e após tantos anos, sinto ainda nos ouvidos o timbre enrouquecido da voz de minha mãe nesta frase inesquecível:

– Entra. Ele foi-se embora.

Foi-se embora... Que alívio.

Da morte de meu pai foi a sensação que me ficou. Amei-o? Talvez, não me lembro. A convivência era pouca ou nenhuma. Ele passava a vida na rua, eu agarrada às saias de minha mãe e de uma velha fula[6] religiosíssima que toda se desmanchava em contar-me histórias de fantasmas e de terrores do diabo.

"Quem atira pedras vai para o Inferno! Quem rouba açúcar do açucareiro, vai para o Inferno! Quem foge para a rua, vai para o Inferno!"

Oh!

As minhas culpas começaram cedo a pesar-me na consciência...

Não posso acompanhar o movimento da transição da nossa vida na Cidade Nova[7], para a outra que iniciamos num modesto cortiço[8] da rua de São Cristóvão.

5. *Terceira classe*: expressão usada para designar algo destinado às pessoas pobres.
6. *Fula*: a palavra designa um grupo étnico africano, a etnia Fulani. Também usado, como no texto, para referir-se a uma cor que tende para o amarelo, a pessoas pardas.
7. *Cidade Nova*: região central do Rio de Janeiro, onde atualmente fica a avenida Presidente Vargas. Na segunda metade do século XIX, formou-se como bairro proletário, com pequenas casas operárias.
8. *Cortiço*: habitação popular composta por várias casas ou cômodos, com instalações de uso coletivo (sanitários, pátio, tanques de lavar roupa). Este romance de Júlia Lopes de Almeida, embora publicado depois do

Aí já minha mãe não tinha consigo nem mesmo a velhinha que nos acompanhava outrora e que partiu não sei para onde, nem com quem. Lembro-me de que vivíamos nós duas sós; minha mãe engomando[9] para fora, desde manhã até à noite, sem resignação, arrancando suspiros do peito magro, mostrando continuamente as queimaduras das mãos e a aspereza da pele dos braços, estragada pelo sabão. Custou-lhe afazer-se aos maus tratos da miséria. Mas que resignação, depois!

Cresci vagarosamente, como se me não bastasse para o desenvolvimento o espaço estreito daquela alcova, em que, de verão e de inverno, ela trabalhava, vestida com o pobre traje de viúva, já velho e ruço[10], mal-arranjado em seu corpo de tísica, muito delgado...

Eu, às vezes, ia brincar para a porta com umas crianças da vizinhança; mas as pequenas eram brutinhas e magoavam-me os pulsos, puxando com força por mim. Eu caía, chorava alto, minha mãe corria a socorrer-me e levava-me ao colo para dentro. Sentia-lhe a respiração ofegante, as mãos muito quentes, e os beiços secos, queimados, que ela unia às minhas faces em beijos longos e sentidos.

– Vês? dizia-me, com voz enfraquecida e rouca, arranhaste os joelhos... Deixa-me ver as mãozinhas... estão esfoladas também! E molhava-mas cuidadosamente, como se eu tives-

livro de Aluísio Azevedo que tem por título esse tipo de habitação, foi escrito antes ou ao mesmo tempo que ele. Em ambos, com diferente perspectiva, temos um retrato das precárias condições de vida das classes pobres na capital do Império.

9. *Engomando*: engomar é o mesmo que passar a ferro. O termo deriva do então frequente uso de goma para dar firmeza aos tecidos.

10. *Ruço*: desbotado, pardacento, castanho-claro.

se doença de perigo ou dolorosa, com todo o mimo e desvelo. Outras vezes impacientava-se e fazia-me chorar...

Voltava depois ao trabalho; arregaçava as mangas, dava-me uma bruxa de pano e uns retalhos, para que eu me entretivesse.

Eu não me entretinha e ela recomeçava a engomar ao longo de uma tábua assente de um lado no peitoril da janela e do outro nas costas de uma cadeira.

Fuxicando[11] aventais impossíveis eu acabava por adormecer. Quando abria os olhos via-me coberta por uma manta e com um véu sobre o rosto para que me não importunassem as moscas. Quantas moscas! O matadouro[12] nas vizinhanças infeccionava o bairro enchendo-o ao mesmo tempo de mau cheiro, de insetos e de urubus.

A atrevida familiaridade destas aves trazia-as a enfileirarem-se sobre o muro baixo do cortiço e a se servirem para seu poleiro habitual de uma árvore seca e esgalhada que havia ao fundo no pátio das tinas, onde se juntavam as lavadeiras. Aquela árvore sem ramagem, coberta de asas negras, fazia-me pensar nas histórias de bruxedo da preta velha da rua de Santa Ana.

Enfraqueci; mirrei, encheu-se-me o pescoço de caroços linfáticos[13].

Nosso almoço era café e pão: café sem leite, muito fraco. O meu quinhão era sempre o maior. Findo o almoço, ia eu,

11. *Fuxicando*: revolvendo, remexendo.

12. *Matadouro*: no século XIX, havia vários matadouros para o fornecimento de carne aos açougues do Rio de Janeiro. O mais conhecido na época do romance funcionava em São Cristóvão, na atual praça da Bandeira. Em 1881, o novo Matadouro Imperial de Santa Cruz foi inaugurado por D. Pedro II, no bairro de mesmo nome.

13. *Caroços linfáticos*: gânglios. Aqui, buscados como índice de alguma doença ou infecção.

como na véspera, para a porta, atraída pelos gritos alegres das crianças, e dali voltava chorosa, oprimida pela superioridade das outras, muito mais fortes do que eu. A Carolina, o Juca, a Dodó, a Rita…

Chamavam-me lesma! mole, palerma! E riam-se das minhas quedas, da minha magreza e da minha timidez. Eu em começo estranhava aquela moradia, com tanta gente, tanto barulho, num corredor tão comprido e infecto, onde o ar entrava contrafeito, e a água das barrelas[14] se empoçava entre as pedras desiguais da calçada negra.

Minha mãe não permitia que eu me desembaraçasse como as outras; tinha sempre os olhos em mim.

Se eu me desviava um pouco gritava logo:

– Marta! para aqui!

E eu corria a encolher-me junto a seus pés, toda enroscada como o "Chimarrão". Onde estaria ele?

O mais abominável no cortiço era o tempo das chuvas e da forçada reclusão. Nunca me senti com vocação para caracol.

Minha mãe não me levava consigo quando saía a entregar a roupa dos fregueses. Deixava-me em casa de uma vizinha, uma ilhoa[15] bruta que batia nos filhos e injuriava o marido. A escola não podia ser melhor! O que veem os olhos da inocência, não penetra no entendimento. Quando este chega, já há a filosofia do sofrimento. Foi o que me valeu.

Carolina, a filha mais velha da ilhoa, era compassiva e defendia-me da maldade dos irmãos mais novos, sobretudo do

14. *Barrelas*: referência a um processo antigo de lavagem de roupas, em que as peças sujas eram colocadas em recipientes de cerâmica (barrelas) e sobre elas era despejado um líquido branqueador e desengordurante produzido com água fervente coada em cinzas.
15. *Ilhoa*: designa uma pessoa imigrante, portuguesa, provinda da Ilha da Madeira ou dos Açores.

Juca, pequeno, corado e lindo como uma flor, mas de uma travessura atormentadora. Um dia ela notou que eu tinha fome e deu-me um bocado de carne. Minha mãe andava por fora na sua lida e eu consolava-me roendo alegremente a minha fatia de assado quando a ilhoa chegou.

– Quem te deu isso? – perguntou-me.

Eu tinha a boca cheia e não pude responder.

A Carolina disse sem titubear, com toda a sua costumada serenidade, que tinha sido ela…

A mãe enfureceu-se e bateu-lhe. Embora chorando, a Carolina afirmava que o quinhão que me dera era o seu, só o seu; que ela não tinha vontade de jantar…

– Não me importa – continuava a enraivecida mulher –, bato-te para que saibas que não se mexe na comida sem minha licença!

Desatei em pranto e foi assim que minha mãe me encontrou.

Chegando à casa contei-lhe tudo; ela fez-se pálida, teve um ataque de tosse, depois, ainda anelante de cansaço, procurou aquietar-me, prometendo que não me deixaria mais, e iria entregar a roupa aos fregueses em minha companhia.

Assim foi. Na primeira semana saí também.

Era um dia de verão. Eu sentia o calor das pedras da calçada e das paredes das casas aonde ia roçando os dedos.

Em mais de meio do caminho, minha mãe parou de repente, ao ver uma senhora que se aproximava e puxou-me para dentro de um corredor, dizendo, quase que maquinalmente: – Deixa-la passar, não quero que me veja…

Ali estivemos alguns minutos, até que tornamos a sair para a rua. A tal senhora sumira-se em uma esquina.

– Quem é?

– Era uma amiga minha…

– Por que não lhe falou?…

Minha mãe suspirou e não respondeu. A resposta tive-a eu anos depois, do tempo, da idade e dos desenganos. Por que não reconheceria uma mulher elegante, como amiga, em plena rua, a uma outra quase andrajosa, vergada sob um fardo descomunal de roupas engomadas, toda anelante de suor e de cansaço? Haveria entre as duas uma barreira que a minha pequena altura não me permitia dominar?

– É longe ainda a casa da freguesa?...

– Não... é aqui. Entra.

Transposto um largo portão de ferro, ladeamos todo o prédio até ao fundo, por onde subimos por alguns degraus diretamente para a sala de jantar, compartimento amplíssimo que se abria em várias portas para um terraço de ladrilhos pretos e brancos.

Uma senhora gorda, de roupão de rendas, balançava-se em uma cadeira. Outra costurava junto à mesa.

O ar rescendia a flores e a frutas. Tudo polido, arejado e grande. Mas o drama sensacional estava todo ele encaixado no vão de uma janela, onde uma menina da minha idade se ocupava em vestir a sua boneca com vestidos de seda. Fizeram-me sentar a seu lado e aspirar o veneno da inveja pela primeira vez. Para exibir a sua felicidade, a pequena desenrolou à minha vista fascinada o riquíssimo enxoval da sua *Mademoiselle* Rosá[16]. "Vem tudo de Paris. Só veste sedas!"

E que olhos grandes; e que linda cabeleira loira toda arrepiada em anéis, a da tal *mademoiselle*!

Na ânsia vaidosa de me mostrar outras coisas, levou-me ela depois ao salão. Mostrou-me o retrato do imperador encaixi-

16. *Mademoiselle Rosá*: *mademoiselle* significa "senhorita", em francês. Observar aqui a pronúncia afrancesada do nome da boneca Rosa.

lhado em moldura de pelúcia. O pai ia ao paço[17] e às leituras da Glória[18]. Eu não entendia, mas arregalava os olhos assombrada. A mãe já fora também cumprimentar a imperatriz[19], e outra vez a princesa[20], no Palácio Guanabara…[21] Como talvez eu não lhe parecesse muito comovida com essas narrativas, deliberou sentar-se ao piano e tocar uma lição do método, tendo o cuidado de virar para cima a pedra do anel que por largo descaía. Acabada a música conduziu-me para frente do espelho, um grande espelho que vinha do teto ao chão. Olhou bem para si e mediu-me depois a imagem refletida a seu lado, de alto a baixo.

Compreendi a minha fealdade pela primeira vez. Que diferença entre nós duas!

Ela, muito corada, olhos brilhantes de alegria e de orgulho, o vestido claro, curto, as meias esticadas por cima dos joelhos… Eu, pálida, o cabelo muito liso, feito em uma trança apertada, as pernas magras, as meias de algodão engelhadas[22], o vestido de lã cor de havana, comprido e esgarçado; os sapatos cambaios…[23]

A pequena compreendeu-me e demorou-se maldosamente a confrontar-me com altivez. Eu sentia-me humilhada e com vontade de chorar…

17. *Paço*: residência do rei ou imperador.
18. *Glória*: "Conferências Populares da Glória". Tendo por objetivo divulgar as ciências, as artes e a literatura, foram realizadas em escolas públicas do bairro do mesmo nome, entre 1873 e 1886. Tinham lugar principalmente nas manhãs de domingo e eram anunciadas antecipadamente nos mais importantes jornais da época.
19. *Imperatriz*: D. Teresa Cristina de Bourbon-Duas Sicílias (1822-1889), esposa do imperador D. Pedro II.
20. *Princesa*: referência à princesa Isabel, filha de D. Pedro II.
21. *Palácio Guanabara*: hoje é a sede do governo do Rio de Janeiro. No período imperial, era a residência da princesa Isabel e seu marido, o Conde d'Eu.
22. *Engelhadas*: enrugadas, amarrotadas.
23. *Cambaios*: tortos.

Em casa da ilhoa ou em casa da freguesa por diferentes modos caía sobre mim a humilhação...

Voltamos para dentro; o rol estava conferido, chamavam por nós.

– Lucinda, disse então a dona da casa, para a filha, vai buscar teu vestido encarnado para o dares a esta menina... É novo ainda, continuava ela, voltando-se para minha mãe, mas não vai bem à Lucindinha e o pai não gosta da cor...

Veio o vestido. Enfiaram-no mesmo por cima do outro, para me o experimentarem.

– Parece um macaquinho! – exclamava Lucinda desferindo umas risadinhas agudas, a olhar para mim.

– Eu corava e tinha ímpetos de o arrancar do corpo. Viravam-me de costas... de frente... de lado... faziam-me levantar os braços, abaixá-los e dobrá-los. Prestei-me como um autômato, indignada sem saber por quê; revoltada, mas submissa e trêmula.

Quando minha mãe agradeceu a esmola, senti parar-me o coração...

Por que não teria eu igual direito a possuir tudo, como a Lucinda, sem pedir ou aceitar esmolas?

E por que me fazia tão mal essa palavra, a mim, que nada conhecia do mundo?

Não bastariam as provas da véspera, em casa da Carolina, e a desse dia em frente ao espelho para me fazer compreendida de sobejo? Tudo está no modo por que se é esclarecido.

Quando eu ia a sair, a irmã mais velha de Lucinda apagou-me com um beijo a tristeza que eu sentia.

Aquele beijo nunca mais me esquece: foi nivelador...

As crianças pensam; e as impressões que sentem são duráveis e profundas. Tenho passado por grandes tempestades e nenhuma me deixou mais vestígios do que a que abalou a minha meninice.

Tornei a ir na seguinte semana à casa da freguesa. A Lucinda não estava, fora para o colégio. A mãe tinha separado umas roupas, já curtas e apertadas para a filha, e deu-mas sem que desta vez eu tivesse a menor impressão, talvez por não estar presente a perturbadora Lucinda, ou talvez porque a gente se habitue a tudo, mesmo aos oito anos...

Perguntaram se eu já sabia ler. Resposta negativa. Rosário de censuras. Não sabiam para que serviriam as escolas públicas. O povo é ignorante porque quer. Uma tristeza...

Minha mãe corava. Eu arregalava os olhos sem entender bem as insinuações. Apalparam-me o pescoço, para perceberem os caroços linfáticos que serviam de desculpa à minha demora em aprender. Em todo caso, ficou resolvido que eu entraria nessa mesma semana para o colégio.

Voltei contente para casa e essa tarde passei-a toda na porta, com as crianças da vizinha: a Carolina, o Maneco e a Rita.

O Maneco tinha dez anos, era magro, orelhudo e pálido; cheirava sempre a cachaça e vivia fumando as pontas de cigarros encontradas no chão. Era ele quem mais me afligia, e entretanto quem mais me procurava! Quando se ria mostrava as gengivas arroxeadas, como se estivessem cozidas pelo álcool, e os dentes grandes, desiguais, ainda muito novos. Era alto para a idade, mas magríssimo, com o peito fundo, e os braços e as pernas moles.

A irmã mais nova tinha cinco anos, mas podia comigo ao colo, a Rita, já dona de um vasto vocabulário de insultos.

De resto bonita, morena e engraçada.

A este rancho, juntava-se às vezes um mulatinho, o Lucas, mais moço do que eu, muito sujo, e que passava a vida a mentir...

Nesse dia entrei para a roda com ar altaneiro; falei da minha amiga Lucinda, de coisas suntuosas, presentes, doces, vestidos, gozando da admiração dos outros.

Só a Carolina parecia não me ouvir; lavava os esfregões das panelas, com o corpo em C e os braços enterrados na água malcheirosa da tina.

## II

Tendo-me matriculado na escola pública da freguesia, minha mãe mandou-me participar o caso às vizinhas. Para festejar o acontecimento, Carolina tirou do seu baú de folha[1] um embrulhinho de papel de seda e ofereceu-mo. Que lindeza! – era uma caneta de celuloide verde e que ela guardava como uma relíquia…

No dia seguinte ela e os irmãos foram à porta ver-me com o meu vestido encarnado, a caminho da aula.

Meu vestido encarnado! então não me pesava ele, nem me queimava o corpo, como dias antes! ao contrário, fazia-me orgulhosa, superior! Olhei altivamente para minhas companheiras de miséria, sorrindo-me, como sorrira a Lucinda quando a meu lado, em frente ao espelho…

As primeiras horas foram amargas, na classe. Cheguei a chorar; sentia-me triste; no meio de tanta gente e experimentava uma sensação de isolamento. Ninguém me conhecia. Eu não conhecia ninguém e julgava-me alvo de todas as atenções. Era um atordoamento. Algumas alunas estudavam em voz alta. Outras conversavam sem se inquietarem com as pancadas de régua que a professora dava na secretária[2] impondo silêncio.

1. *Baú de folha*: baú feito de folha de flandres, isto é, uma folha de aço revestida de estanho para impedir que enferruje.
2. *Secretária*: móvel usado como mesa de escrever onde se guardam documentos.

Afiz-me a tudo em pouco tempo e, como todas as alunas, manifestei a minha preferência por algumas colegas. Dediquei-me principalmente a uma menina mulatinha que, mais adiantada do que eu, tinha a paciência de ensinar-me as lições.

Ficava a meu lado; era feia, escura, marcada de bexigas[3], com olhos pequeninos e amortecidos e o cabelo encarapinhado. Chamava-se Matilde, tinha doze anos. Eram devidos a sua condescendência os meus primeiros triunfos na classe. Além disso dava-me sempre da sua merenda. Era notada pelo estridor[4] com que cantava nas rodas do recreio ou nos hinos da aula.

Um dia, uma condiscípula prejudicada fez dela uma denúncia infamante, afirmando tê-la visto guardar por várias vezes objetos alheios: linhas, lápis, dedais...

O fato é que se sumiam coisas sem que se pudesse suspeitar como. Nesse dia era acusada de ter escondido um par de sapatinhos de *tricot* escarlate, feito pela denunciante. A mestra, amiga de Matilde, certa da sua inocência e querendo patenteá-la aos olhos de toda a gente, ordenou que fossem examinadas as caixas de cada uma das meninas pela ordem de classe. Aconteceu que dentre os livros e os cadernos da caixa da Matilde saíssem os sapatinhos com os seus cordões e borlas[5] balançantes...

Não sei o que se passou. Escondi o rosto entre as mãos. Quando tornei a mim da estupefação nem a diretora nem a Matilde estavam na sala.

Depois de uma semana de ausência voltou a delinquente ao colégio. Influenciada por outras colegas com quem já me acamaradara voltei as costas à pobre mulatinha.

3. *Bexigas*: nome popular da varíola, doença altamente contagiosa causada por vírus. Antes da invenção das vacinas, levava o infectado com frequência a óbito.
4. *Estridor*: som agudo e ruidoso.
5. *Borlas*: adornos pendentes feito de fios de lã, seda etc.

Isolada, Matilde tornou-se agressiva, inaturável, e foi de tal excesso em sua raiva e mau modo que a expulsaram do colégio. Vi-a sair, sem que me viessem as lágrimas aos olhos, a mim, que lhe devia tanto; e agora, no fim de trinta e tantos anos, sinto-a na minha consciência como uma sombra…

Substituí a Matilde, na grande convivência colegial, por Clara Silvestre, filha de uma modista. A minha nova amiga não me ensinava as lições, mas era alegre, bonita e forte. Eu não a deixava um só instante. Era ela quem aparava o meu lápis, que me dava os mais lindos cromos[6] e santinhos para os livros, quem me ajeitava o cabelo na hora do recreio, numa solicitude maternal, sempre jeitosa para as artes de enfeites. Era uma das meninas mais asseadas do colégio, a mais instintivamente faceira. Na bolsa dos livros levava sempre um espelho pequeno e uma boceta[7] de pó de arroz quase do tamanho de uma noz. Eu invejava aquilo e punha-me então a descrever as meias de seda, os bibes[8] bordados, e a pompa de *Mademoiselle* Rosá, inventando intimidades entre mim e a Lucinda… Uma sombra terrível enegrecia o olhar docemente azul de Clara Silvestre, fitando rapidamente o seu vestidinho de chita e as meias de algodão branco, bem calçadas.

Mas aquilo passava depressa, e na sua bondade natural vazava no lenço das outras um pouco de água-florida[9] trazida num vidrinho, do lavatório da mãe.

De Carolina e dos irmãos ranhosos não falei nunca no colégio.

6. *Cromos*: figurinhas; no século XIX, ilustrações coloridas de origem europeia, coladas em folhas de papel-cartão.
7. *Boceta*: pequena caixa redonda, oval e alongada para armazenar diversos objetos e coisas.
8. *Bibes*: babador, avental para proteger a roupa das crianças.
9. *Água-florida*: colônia de aroma cítrico.

Referir-me às filhas da vizinha fora macular a minha reputação. No fundo de minha consciência, porém, não se apagara a cena humilhante em que a bondosa e serena Carolina sofrera castigos por me ter dado com que matar a fome.

Ninguém porém me enfeitiçava agora a imaginação como a Clara Silvestre!

Só no fim de três anos fiz o meu primeiro exame e esse mesmo muito rudimentar. Faltava para o meu progresso no colégio melhor disciplina e em casa estímulo e direção. Minha mãe não tinha tempo senão para trabalhar ou pensar no seu trabalho, que dia a dia se tornava mais pesado porque as forças lhe iam diminuindo. A minha aula era muito mais uma sala de barulho do que de estudo. Quem tivesse boa memória daria a impressão de adiantar-se, porque era tudo estudado de cor, palavra por palavra, na pontinha da língua.

Não esperavam nada de mim, estudante medíocre e criança tímida, e foi com surpresa que as professoras me viram responder a todas as perguntas com desembaraço e firmeza. Acordava em meu peito outra alma, até então ignorada, ou um espírito animador e caridoso se teria apossado de mim?

Quando voltei para casa minha mãe amarrotou-me em abraços frenéticos o vestido branco e a fita azul do uniforme festivo. Aquele vestido… aquela fita… quantas horas de trabalho lhe teriam custado…

Chegado o tempo das férias que alegra as crianças, eu me sentia triste.

Temia as longas horas soturnas na alcova úmida e escura, onde, desde madrugada até a noite, minha mãe trabalhava sem interrupção. Que distrações, que alegria podia prometer-me aquele quadro constante: uma mulher magra, pálida, curvada sobre a tábua, engomando, engomando, continuamente?

O sol não entrava arrojado e luminoso pela janela do ensombrado quarto do cortiço, como pelas de moldura envernizada da aula e, sobretudo, não teria companheiras risonhas e turbulentas: havia de suportar as brutalidades dos vizinhos imundos, e para entreter-me, brincaria de vez em quando com a desgraçada bruxa que fora outrora adorada por mim, mas que votei ao desprezo desde que vi *Mlle.* Rosá.

A influência que uma boneca pode ter na vida de uma criança!

Emagreci durante o tempo de férias; faltava-me o passeio obrigado, a convivência alegre das condiscípulas, as correrias do recreio, o barulho, a vida, a luz! Tornei-me ainda mais linfática[10], tinha o pescoço cheio de caroços e os beiços esbranquiçados; veio o fastio, o sono e a doença. Passava as tardes em casa da vizinha, brincando com a Rita e o Maneco, enquanto a Carolina trabalhava. A pobre sofria calada as rebentinas[11] da mãe, estava sempre magra, espigada, e no seu rosto oval e sardento, os olhos claros derramavam uma tristeza impressionadora. Era a doença, era o cansaço, porque ela, estupidificada pelo meio, nem tinha consciência do sofrimento…

O Maneco cheirava sempre a álcool, tinha a mania de dar beliscões finíssimos que arrancavam bocadinhos de pele à gente. Eu raramente via o pai, que saía de madrugada para o trabalho e só voltava à noite. Aquela ausência ajudava a mergulhar o pequeno no vício. Era o vendeiro da esquina, o *Seu* Joaquim, quem, para rir, fora ensinando o rapaz a beber… Só a Rita sabia rir como criança, mas isso não me bastava, era muito mais nova do que eu, divertia-se com coisas que me enfastiavam, e não sabia acompanhar-me nas que já me divertiam.

10. *Linfática*: sem vida, sem energia, sem vontade.
11. *Rebentinas*: ataques repentinos de raiva, de fúria.

Eu às vezes saía enxotada pela ilhoa, que rogava pragas a todos, confundindo-me com os filhos. Com medo de que minha mãe não me deixasse tornar àquela casa terrível, calava-me e no dia seguinte lá voltava, atraída pela convivência das outras crianças, farta, intumescida do silêncio e da tristeza do meu quarto.

Uma vez, a ilhoa chamou-me; tinha um bom ar alegre no seu comprido rosto enegrecido pelo sol.

– Oh, senhora Marta! – gritou ela de fora a minha mãe –, deixe cá vir a sua pequena um nadinha, sim?

Fui: tinham-lhe dado uns doces em casa de uma freguesa e ela repartia-os com a criançada. A sua voz forte, de pronúncia cantarolada espontada de *u u* franceses, nunca me pareceu menos rude. Estava em pé no meio do quarto, perto da mesa; a Rita cosia-se-lhe às saias e a Carolina, sentada no chão, com a costura caída nos joelhos, levantava para a mãe o seu rosto comprido de queixo fino. O pretinho Lucas, perto da porta, empurrava com o dedo a *mãe-benta*[12] que já não lhe cabia na boca, e de bochechas inchadas olhava ainda cobiçosamente para as mãos da ilhoa.

Recebi o meu quinhão e sentei-me a comê-lo perto da Carolina.

– E o Maneco? indagou a mãe.

– Inda não veio…

– Mandaste-o fora?

– Não senhora…

– O demo do rapaz! Deixa-se-lhe aqui o seu bocadinho…

O quarto da ilhoa era asseado; mesmo o mais asseado do cortiço. Apesar da criançada, conseguiam ter as coisas em or-

12. *Mãe-benta*: pequeno bolo de farinha de trigo e ovos, assim denominado por conta da doceira negra Benta Maria da Conceição Torres, que viveu no Rio de Janeiro no início do século XIX.

dem. A Carolina não tinha as mãos paradas nem um instante, era a responsável pela travessura e o desmazelo dos outros.

A parede toda coberta com gravuras de jornais e cromos comprados aos turcos[13] alegrava os olhos. Havia uma divisão de tabique[14] separando o quarto de dormir, e ao fundo, em frente à porta da rua, três prateleiras de pinho com a louça.

– Ó Rita, vai ver se teu irmão está na venda. Querem ver que o diabo do Joaquim está a dar cachaça ao pequeno!

A Rita saiu, mas voltou depressa.

– Maneco já vem aí... – disse ela à mãe, olhando para trás com modo desconfiado.

Momentos depois a figura magra do Manuel balançava-se na soleira da porta. Vinha lívido, com os braços pendentes, as orelhas despregadas do crânio. Carolina teve um sobressalto, pôs-se de joelhos, a mãe ficou aterrada, à espera; ele entrou aos avanços e recuos, engrolando[15] palavras, curvando muito os joelhos, com o corpo bambo. Toda a serenidade da fisionomia da ilhoa fugiu rápida, subitamente. Olhava para o filho atônita, esfarelando entre os dedos raivosos os últimos doces.

– Maneco!

Ele não respondeu.

– Manduca! – tornou a mãe com voz de desespero.

Ele ria baixo, fincando o queixo no peito da camisa de chita.

13. *Turcos*: designação geral de todos os imigrantes árabes. Na época da imigração para o Brasil, seus países faziam parte do Império Otomano, sendo os passaportes emitidos em nome do país central, ou seja, a Turquia.
14. *Tabique*: parede frágil, normalmente de madeira, para separar áreas de um quarto ou casa.
15. *Engrolando*: não pronunciando direito, deixando incompleto, resmungando.

Alucinada, ela puxou-o num repelão; ele vergou pela cintura mas não caiu, amparado pelos pulsos e os joelhos da mãe.

– Burro! – gritava a ilhoa com o pescoço congestionado, burro! és a minha vergonha! Preferia que me tivesses entrado morto, pela porta adentro!

E dava-lhe socos.

– Sim, antes morto!

O Maneco rolou por fim para o chão; a mãe, possessa, batia-lhe sempre, sem atender à Carolina que suplicava, já de pé, muito pálida:

– Deixe-o mãe!

O corpo mole do Maneco caiu estendido de bruços no assoalho; a mãe, vociferando nomes, bateu-lhe com o pé, como se tivesse dado numa coisa morta; depois, voltando-se, agachou-se num canto, e dali contemplava o filho, com as faces apertadas entre as mãos grosseiras e as lágrimas rolando-lhe pela cara:

– Não foi para isso que o criei, não foi, não foi!... que sina... ó Senhor!

A Carolina estava trêmula, e a Rita, espantada.

O Maneco bebia sempre, mas não chegara nunca àquele estado. O que atormentava a mãe era a lembrança de que esse vício fora inoculado no filho pelo vendeiro vizinho, que se divertia embriagando as crianças...

– Não sei o que tenho que não dou cabo daquele maldito Joaquim! Foi aquele diabo que perdeu o Maneco... Oh, hei de vingar-me... há de chegar o dia!

– Mãe!... – murmurou a Carolina procurando acalmá-la...

– Cala-te!

E depois de uma pausa e ainda voltada para a filha mais velha:

– Teu avô… o pai de teu pai, que lá o meu era um santinho, morreu cozido das monas[16] que tomava. Sempre tive nojo do velho! Graças a Deus teu pai não tem o vício; e vai o rapaz sai-me assim! Credo! que Inferno!… Foi o Joaquim… foi o Joaquim!

O Maneco roncou, surda e arrastadamente; no rosto bronzeado da mãe o desprezo e a dor juntaram-se numa expressão terrível. Então a Carolina levantou-se, pegou com dificuldade no irmão, quase do tamanho dela, e levou-o ao colo para dentro. Através do tabique ouvia-se o rosnar dele e o choro baixinho da irmã.

A Rita já tinha sustido por muito tempo a sua alegria; vendo desaparecer atrás da porta as pernas finíssimas do Maneco começou a rir alto: a mãe, furiosa, fez um gesto de arremesso: ela calou-se atemorizada.

Fugi.

Uma hora depois rebentava o barulho na casa da vizinha: o marido voltava do trabalho, a discussão começava, como todos os dias, mas desta vez pior, mais prolongada. Minha mãe fechou a janela e a porta, e mandou-me dormir.

16. *Monas*: bebedeiras.

## III

Março arrastava-se pesado e abafadiço. O calor formidável cobria-nos de brotoeja. Tínhamos a pele como lixa e à noite mal dormíamos no quarto fechado e úmido, cheirando ao querosene da lâmpada. De dia o mesmo desconforto. Junto às tinas das lavadeiras a água empoçava-se por entre os pedregulhos do pátio e exalava uma morrinha[1] doentia... Eram muitos os moradores mas restringiam-se as nossas intimidades à família da ilhoa e a poucos mais. O retraimento de minha mãe não criava simpatias. Foi nesse março que adoeci gravemente com difteria. A doença alastrava-se pelo cortiço. O médico que ia visitar os outros me pôs a mim também de pé, mas tão fraca e impertinente que desesperei minha mãe.

Julgava-me com direito a ter caprichos como as meninas ricas. Assaltavam-me saudades da Clara Silvestre, que não me visitava porque a mãe não permitia que ela entrasse num cortiço. Irritava-me a bulha[2] dos tamancos do Cornélio carregador e da Maria Inácia, filha do quitandeiro, que passava e repassava com estridor pela nossa porta. Eu exigia impossíveis. Queria que minha mãe fizesse cessar as explosões da Pedreira de São Diogo, cujo perfil víamos do cortiço e a que tomei uma birra

1. *Morrinha*: cheiro forte e desagradável exalado por animal ou pessoa.
2. *Bulha*: barulho, ruído.

inqualificável, ou que me levasse para a beira do mar, o que nas circunstâncias do momento era igualmente impossível… Um dia, de menores exigências, quis ver a boneca da Lucinda, cuja lembrança não sei por que me assaltara o espírito.

Minha mãe prometeu:

– Deixa estar… hás de ter uma boneca assim…

– Mas há de ser já!

– Pois sim… vou comprar-ta…

– Só quero a Rosá!…

– Oh, filhinha…

– Só quero a Rosá!…

A Lucinda andava a viajar com a família e não podia minha mãe socorrer-se de sua generosidade.

– Não chores, que tornas a ficar pior… descansa, que hás de ter uma boneca muito linda… e marejavam-se-lhe os olhos de lágrimas. Eu, apesar de crescida, não me envergonhava daquelas impertinências…

Nem um ralho[3] de minha mãe! Às minhas manhas insuportáveis opunha a sua resignação e o seu grande medo de me ver outra vez com febre.

No dia imediato, comprou-me uma boneca. Deu-ma embrulhada e pôs-se à espreita, fixando avidamente em mim o seu olhar de santa. Desdobrei o papel, com uma ansiedade nervosa. Quando vi o desejado objeto, levantei os olhos para minha mãe e, como se estivesse em frente de um espelho, vi nela retratada a minha decepção…

A boneca rolou para o soalho, onde permaneceu alguns minutos; depois, em um bom movimento, pedi-a, compus-lhe o vestido de gaze vermelho, salpicado de florinhas de pano, e adormeci com ela nos braços.

3. *Ralho*: repreensão; censura.

Restabeleci-me vagarosamente. Minha mãe redobrava de trabalho para pagar-me vinho fino e remédios caros. Era caprichosa, mas demoradíssima no serviço: faltavam-lhe as forças para sacudir o trabalho e desembaraçar-se depressa.

Voltei enfim à aula, agora com preguiça, saudade daquelas horas vazias entre a criançada da vizinha. A Rita entrou nesse ano, levada por mim, que lhe segurava a mãozinha trigueira, com ar vaidoso de proteção.

Esperava-me uma surpresa. A antiga professora tinha sido removida para outra cadeira, e a que regia agora a minha era uma senhora gorda, de ar bondoso – D. Aninha. Já lá a encontrei na sua poltrona de braços sobre o estrado. Em cima da mesa misturavam-se, com os lápis e as lousas, vários raminhos de manjericão, rosas de todo o ano e malvas[4] levados pelas discípulas. As adjuntas[5] riscavam as pedras para a escrita.

Desde então tomei grande preponderância sobre a Rita, que não fazia nada sem meu conselho!

Em cada ano que começa há uma onda nova de meninas, que entram, e um grande vácuo de meninas que saíram, algumas sem uma palavra ao menos de despedida!

Cada dia ocorre-nos à lembrança uma ou outra colega que não tornamos a ver…

É uma impressão delicada e estranha nas crianças, essa em que a novidade traz também uma certa tristeza. Feliz-

4. *Malvas*: plantas ornamentais.

5. *Adjunta*: uma professora adjunta era, a princípio, uma aprendiz, sem formação obrigatória, que trabalhava como auxiliar de uma professora efetiva. A criação do estatuto dos professores adjuntos, em meados do século XIX, visou a suprir a falta de profissionais formados na Escola Normal. Mas mesmo após a implantação dessas escolas, o cargo e a função continuaram a existir.

mente, ainda lá encontrei Clara Silvestre, com o seu formoso rostinho alvo e rosado, e o cabelo castanho, amarrado no alto com uma fita cor-de-rosa. Mostrava-se agora ciumenta de mim com a Rita e toda ela, só para fazer-me pirraças, se dedicava a uma caboclinha risonha. De vez em quando, fazíamos as pazes, e eram então abraços e beijos sem fim.

A professora começou a mostrar predileção por mim, dando-me muitas vezes uma cadeira a seu lado para ajudá-la a tomar a lição das meninas do *A.B.C.*

Diziam que eu tinha muito jeito. As crianças deram em trazer-me também raminhos de alecrim e perpétuas[6], mal amarradas com linha de carretel.

Foi o ano do meu maior crescimento. Chegado o mês de dezembro, tornou a época do descanso. Fiz meu segundo exame, com louvor. Minha mãe, julgando-me suficientemente instruída, quis acostumar-me a ajudá-la, mas viu com tristeza que eu não tinha habilidade para os trabalhos a que me propunha.

Mandava-me vigiar a panela, mas a comida queimava-se, ou o fogo extinguia-se; olhava-me sem repreender-me e uma ocasião disse-me com brandura:

– Tu não nasceste para isto... mas, filha, é preciso que te habitues; bem vês, somos pobres e quando eu morrer deves saber sustentar-te...

Ao ouvi-la falar em morte, desatei a chorar e prometi trabalhar; mas, no dia seguinte, entornei a panela nas brasas, que se apagaram...

Eu tinha então treze anos, já era uma mulherzinha.

Nessa idade, lidava arduamente a Carolina; mas a Carolina era... a Carolina! um anjo condescendente e sofredor,

6. *Perpétuas*: o mesmo que sempre-vivas. Tipo de flor que dura muito tempo sem murchar.

que levava beliscões, tendo por isso nódoas negras em seu corpo de gafanhoto, muito branco. A Carolina tinha juízo como uma senhora, e coração imaculado; enfim, a Carolina não entrara nunca em uma casa como a da Lucinda, nem se vira em frente de um espelho, miserável e feia, ao lado de outra menina de sua idade, bela e orgulhosa...

Passei tristemente o resto das férias, e logo no primeiro dia de escola voltei à classe.

Chovia e estavam poucas meninas. Finda a lição, principiei a costura, a bainha de um lenço, lembro-me bem.

Uma adjunta conversava intimamente com a mestra, em um tom que me permitia ouvi-las sem indiscrição.

Falava de si, de sua vida passada, dando graças a Deus por ter um emprego, cujo ordenado[7] lhe consentia um certo conforto, evitando que o irmão, única pessoa da família, a protegesse oferecendo-lhe coisas, olhadas como supérfluas pela cunhada, rapariga invejosa.

A professora animou-a. Louvava o esforço para a independência. Percebendo talvez a atenção com que as ouvia, voltou-se para mim e aconselhou-me a ter as mesmas ideias. Corei. Não me julgava com capacidade para tanto...

– Por que não? É uma questão de vontade e nada mais. Peça a sua mãe para vir conversar comigo.

Realizou-se a conferência no dia imediato. Minha mãe voltou radiante para casa.

Sonhando agora em ser mestra, eu não imaginava o descanso, o repouso ameno que eu lhe daria como recompensa dos grandes sacrifícios feitos por ela para meu bem-estar; eu não pensava em ser útil, em tornar-me necessária, imprescindível: eu queria ser mestra para não morar em um corti-

7. *Ordenado*: salário.

ço mal alumiado, infecto, úmido, nesta terra onde há tantas flores, tanta luz e tantas alegrias!

O ânimo novo criou prodígios; desenvolveu-se-me o gosto pelo estudo, bem amparado pela vigilância incansável da bondosa D. Aninha, muito mais maternal e muito mais ilustrada do que a antiga regente da escola. Eu era uma coisa. Foi ao seu impulso que me tornei – gente.

Uma tarde, voltávamos do colégio, eu e a Rita, quando no meio da rua tivemos de parar estupefatas.

A ilhoa ia presa entre dois soldados, com o vestido esfarrapado, o cabelo solto, o rosto sangrando, coberto de arranhões. As mangas arregaçadas mostravam os braços de lavadeira robusta, avermelhados e musculosos, e havia um tal ar de fúria e de dor no seu olhar, que ela nem viu a filha, que chamava por ela, agarrando-se a mim...

À porta do cortiço havia ajuntamento. Umas pessoas desculpavam a ilhoa mas a maioria era favorável ao Joaquim, que também tinha sido levado para a delegacia com o sangue a escorrer-lhe do nariz. Havia também quem se risse do inédito da cena. Onde se vira nunca uma mulher agredir um homem a murros, daquele modo! Entramos em casa trêmulas de susto. Soubemos tudo.

O Maneco definhava. A mãe levara-o ao médico a queixar-se: o pequeno não comia... não dormia, e entrava a emagrecer de uma maneira espantosa. O médico, depois de um rápido exame, declarou o doente incurável. Aquilo era o efeito do vício, já não valia a pena dar-lhe remédios; que o deixasse beber à vontade: a morte não tardaria...

A ilhoa voltou arrastando o filho, atirou-o para a cama, recomendou-o à Carolina, e saiu de novo para a rua. Estrangular o Joaquim entre os seus dedos vigorosos era o seu intento, mas devagar, dizendo-lhe:

– Meu filho vai morrer por tua causa, mas antes que ele morra, hás de tu ir para o Inferno…

A venda estava cheia de gente: ela não viu senão o dono, magro, amarelo, alto, perto do balcão seboso. Atirou-se a ele, esmurrando-o, num extravasamento de cólera. Caíam copos, garrafas, uma barulheira medonha que ia atraindo os curiosos. Vieram os soldados, separaram-nos às pranchadas e lá a levaram para a polícia com as mãos cheias de sangue e fios da barba do outro…

Dentro da casa, a Carolina chorava baixo, contendo o irmão que teimava em voltar para fora. Ela ouvia tudo, com o coração apertado, mas não faltando aos seus cuidados. Minha mãe foi acompanhá-la, ajudando-a a deter o Maneco. Chorei, com uma grande compaixão…

Carolina deu o jantar à Rita, obrigou o irmão a tomar um caldo, e arrumou depois tudo no armário, limpando as lágrimas ao pano dos pratos. Numa das voltas, minha mãe notou-lhe:

– Que é que você tem nas pernas, Carolina? estão inchadas!

– Há muito tempo já que estão assim… cada dia engrossam mais… já não posso calçar as meias. Isso não é nada…

– Já falou ao doutor?

– Não… mas já tivemos aqui uma vizinha com a mesma coisa, e o doutor disse que era da umidade. A gente não pode mesmo morar noutro lugar… Isto não é nada…

Quando se tratava das suas doenças, ela dizia sempre, repetindo-se – isto não é nada.

Só no dia seguinte foi que a ilhoa voltou para perto dos filhos, e, mal entrou, desafogou-se em lágrimas – abraçada ao Maneco…

# IV

O cortiço em que morávamos gozava da fama de ser um dos mais pacatos do bairro, devido à previdência do proprietário, um velhote português, que morava com a família no local, na primeira casa à esquerda do portão.

Ele gabava-se de só consentir ali gente séria, e o caso é que os moradores ficavam atolados naquela ignomínia anos e anos, afeitos à promiscuidade e retidos pela barateza dos aluguéis.

À proporção que ia crescendo mais aumentava a minha antipatia por aquele lugar. Não escondia esse sentimento, embora minha mãe procurasse convencer-me que só se resignava àquilo por não poder arcar com despesas maiores.

Com a puberdade, senti os primeiros bafejos da vaidade. O espelho da Lucinda reproduziu-se por mil modos na minha imaginação. O que eu daria para andar vestida como a filha do nosso senhorio, ou como a adjunta do colégio... Minha mãe adivinhava-me e comprava-me o que podia. D. Aninha, sob pretextos delicados, presenteava-me frequentemente, a título de gratidão pelo que eu a auxiliava nas aulas. E mal podia ela imaginar com que esforço, porque de dia para dia eu me sentia invadir por maior preguiça... E minha mãe engomando, engomando, engomando...

O senhorio mascarou um dia a sua propriedade com o nome de *avenida*, caiou as casas, despediu um casal de pretos quitandeiros que empestavam de frutas podres todo o cortiço, fez uns tanques para as lavadeiras, sem elevar o preço das suas casinhas.

Minha mãe exultou. Ele bem sabia que a gente não podia ir bater a outras portas mais asseadas: o dinheiro era quase nenhum, e a saúde, fraca. Entretanto, distinguia-nos sempre com as suas menos rudes cortesias.

Duas casas adiante da nossa, ao lado da ilhoa, morava uma mulata gorda, a Eulália, lavadeira, que invariavelmente todos os sábados vinha cambaleando da venda, a falar alto, sobraçando uma garrafa de parati[1].

Toda a gente do cortiço se reunia e a provocava, rindo muito das suas palavras desconexas e dos seus esgares. Mandavam-na dançar, batiam palmas, assobiando lundus, incitando-a aos requebros em que ela bamboleava o corpo mal firme; às vezes, a desgraçada ia ao chão; vaiavam-na estrepitosamente; ela, então, zangada, atirava-lhes pedras e os chinelos, e eles fugiam, às gargalhadas, batendo com os tamancos ou os pés descalços, no chão.

À segunda-feira, Eulália, muito triste, com olheiras fundas e nódoas de pancadas no rosto, ia pedir-nos trabalho. Era então um grande sermão, que parecia convencê-la: minha mãe admoestava-a muito, ela chorava e saía, com a grande trouxa de roupa, para o tanque.

– Veja lá, Eulália – dizia-lhe sempre a minha santinha –, eu sou responsável por tudo isso, e não quero dar más contas aos fregueses…

– Fique descansada, não há de faltar nada.

E não faltava.

À direita da nossa casa, ficava a de uma família galega, operários de uma fábrica de chinelos, a mulher, o marido e

1. *Parati*: aguardente.

duas filhas moças, que iam todos os domingos para casa de um tio nos subúrbios e fechavam-se às horas da comida para não repartirem os restos com o mulatinho Lucas, que tinha o costume de pedir alimento a quem visse comer, ou ao tio Bernardo, o idiota velho, que o senhorio sustentava e a quem todos davam os magríssimos sobejos[2].

O tio Bernardo, um mina[3], pagava essas coisas ao proprietário, varrendo a calçada e lavando os esgotos com uma regularidade nunca alterada...

Entre todos os moradores da *avenida*, distinguiam-se dois rapazes tiroleses, muito amigos, e que viviam juntos.

O mais velho, Túlio, era carpinteiro e benquisto.

O outro, depois de alguns meses de comportamento pacato, tentou raptar a filha de uma paraguaia da mesma estalagem. A mãe da pequena fez escândalo, o Túlio interveio e tudo parecia apaziguado quando correu o boato de que o Túlio fora assassinado pelo patrício, quando dormia...

O tio Bernardo tinha-o visto sair alta noite, cautelosamente, cosendo-se com a parede, a olhar para trás, como se temesse ser seguido; e apesar do tio Bernardo ser um idiota, sem responsabilidade, vivendo por esmola no cortiço, toda gente lhe prestava atenção, fazendo-o repetir em frente ao quarto fechado a mesma coisa de instante a instante. Uns pingos de sangue na soleira justificavam a história do negro velho e hidrópico, de quem sempre tive mais repugnância do que piedade, talvez por terem inventado aquela história dele comer urubus...

A morte do Túlio pôs-me doente. Passava noites em claro, ouvindo-lhe os passos, vendo-o estendido no chão, ou ima-

2. *Sobejos*: restos.
3. *Mina*: pessoa escravizada, trazida da região africana Costa da Mina.

ginando que o outro voltasse de repente ao cortiço e assomasse à nossa porta…

Desejava que os dias se prolongassem interminavelmente; só a luz do sol conseguia acalmar o meu espírito, superexcitado.

Fazia com que minha mãe acumulasse de encontro à porta a mesa, a tábua de engomar, as cadeiras, a talha[4], para que, se alguém tentasse entrar, o estrondo daquelas coisas atropeladas nos despertasse! Ela sorria; dizendo-me que a nossa pobreza era conhecida lá fora, e ninguém perderia tempo e trabalho indo alta noite remexer meia dúzia de trapos sem valor. Mas eu instava, e ela fazia-me a vontade, com a sua condescendência angélica. Numa ocasião, uma saia pendurada na parede pareceu-me tomar formas estranhas e mover-se ao impulso de um corpo humano. Era mais de meia-noite; minha mãe, extenuada de trabalho, dormia; eu encolhi-me toda e abalei-a de manso, suavemente, com os olhos muito abertos, fixos naquele pavoroso vulto, que parecia acenar-me misteriosamente!

– Que é?

– Acenda a vela depressa! – disse-lhe à meia voz, muito trêmula. Ela levantou-se depois de ter ouvido o motivo do meu susto, despendurou a saia, sacudiu-a, para que eu me certificasse de que não estava ali ninguém, deixou que eu espreitasse embaixo da mesa e da cama e aconselhou-me a dormir, que ela ficaria velando pelo meu sono. E não fechou os olhos enquanto não me viu adormecida.

Atravessei noites de grande calor, no pino do verão, com a cabeça embaixo dos lençóis, fugindo de ver em cada parede desenhar-se a figura assustadora do assassino de Túlio.

4. *Talha*: recipiente grande usado para armazenar líquidos, como água ou vinho.

Emagreci; andava cismática, com medo da loucura, até que a pouco e pouco fui voltando ao meu estado natural.

Estava num período saudável quando uma tarde, em que eu cosia, reparei que minha mãe parara de engomar e ficara-se a olhar demoradamente para mim.

– Muito te pareces com teu pai! – exclamou por fim, num suspiro de indefinível tristeza.

Minha mãe raras vezes falava do passado. Fugia de referir-se ao seu tempo de fugitiva alegria. Nunca atinei com a razão disso. Sentia-me curiosa, mas sem coragem de evocar lembranças que a pudessem magoar.

Nessa tarde, porém, ela parecia ter necessidade de falar nos mortos, nos seus tristes amores...

Interroguei-a docemente; e ela, sem contrariedade, pousou o ferro no peitoril da janela, sobre um tijolo que servia de descanso, e veio sentar-se ao pé de mim, numa cadeira baixa, que até hoje conservo como lembrança dessa época.

Pela janela, entrava uma viração morna e a fumacinha azulada do cano do ferro. A roupa, já borrifada, feita em trouxas apertadas, esperava os cuidados da engomadeira, que, pela primeira vez na sua vida, parecia não fazer caso dela.

– Em que me pareço com ele?

– Em muita coisa. Na cor da pele, no jeito do cabelo, e sobretudo no olhar... Ele tinha o rosto longo, de mineiro. O teu é de um oval mais atenuado, mas o corte da boca é idêntico e igual o sorriso... É espantoso como se transmitem tantas sutilezas... Não te lembras dele?

– Quase nada...

– É melhor assim.

– Por quê?

– Não tens motivos para saudades.

– A gente sempre tem motivos para saudades.

– Isso é verdade. Mas eu não quereria reviver o que vivi. Teu pai tinha mudado muito nos últimos tempos.

– Por quê?

Ela hesitou e depois murmurou entre reticências: – Negócios…

– Quando o conheceu era rico?

– Mais ou menos. Foi num baile que nos vimos pela primeira vez. Teu avô jogava ferozmente. Não percebeu nada…

"Um baile… minha mãe tinha dançado na mocidade… enquanto que eu…"

Não sei como ela interpretou o sentimento que ardia nos meus olhos. Talvez por curiosidade.

– Eu gostava de valsar, era muito leve e diziam todos que parecia voar quando deslizava pelo salão. Usavam-se os vestidos de tarlatana[5] branca de folhos[6] até à cintura, que davam às mulheres aparências de nuvens…

"Como tinha sido feliz minha mãe! Eu nem ao menos os passos das polcas em voga sabia dar…"

– Se meu pai não tivesse jogado tanto estaríamos ricas… O vício é como a água do mar que quanto mais se bebe mais sede faz… Foi assim, até à miséria, até à morte.

– "Que avô louco…"

– Casei-me ainda no tempo da fartura. Depois, tivemos prejuízos, meu marido aborreceu-se e saímos de Minas.

Viemos para o Rio, nasceste; vivíamos com relativo conforto. Eu tinha duas criadas, casa bem-arranjada e boas relações; até que um dia a sorte desandou e com uma pressa vertiginosa. Pensando em organizar-te dote, teu pai

5. *Tarlatana*: tecido de algodão muito leve, de malha aberta e engomada.
6. *Folhos*: babados.

empregou-se como caixeiro-viajante[7], por influência de um grande amigo na casa Braga & Torres: aconteceu que logo na primeira viagem o infeliz foi roubado em muitos contos de réis, que trazia para o patrão...

"Assim fui eu a causa..."

– Dinheiro que não era dele!... Imagina!...

"Toda me arrepiei..."

– A firma Braga & Torres não o mandou prender... mas dispensou-o do seu serviço... Vendemos tudo que tínhamos, mas o que se apurou não bastou para saldar a dívida. Foi então que passamos para a rua de Santa Ana[8].

"A casa da casuarina... e do papel chinês..."

– Onde me vi reduzida a ter por criada uma negra velha, que ainda assim fazia todo o trabalho doméstico...

– E ele?... ousei perguntar...

– Ele, coitado, conseguiu um modesto lugar na Alfândega até que a febre amarela o levou para o Cemitério do Caju...

Rolaram-lhe as lágrimas pelas faces.

– Quando chega o tempo das epidemias, fico com o coração nas mãos com medo que me leve a ti também...

– Não tenha receio...

– Não posso deixar de o ter e horrível!... Quando enviuvei pensei em viver da costura, mas não foi possível. Aprendi à custa de muitas queimaduras nos braços e nos dedos o ofício de engomadeira que mal tem dado para pagar o quarto e o resto... Enquanto Deus me der forças, vai tudo muito bem...

"Vai tudo muito bem!..."

7. *Caixeiro-viajante*: representante de vendas que viajava por conta de uma firma ou por conta própria, fazendo negócios fora da sede da empresa.

8. *Rua de Santa Ana*: rua do centro do Rio de Janeiro.

Calamo-nos. Minha mãe já não chorava, tinha os olhos fixos no vácuo onde se erguia talvez o espectro do seu passado...

O ferro arrefeceu no descanso. Só se ouviam os passos pesados dos carroceiros de volta da taberna, o assobio ondulado de algum rapaz vadio, e, como a bulha da onda a rolar na praia, o rumor surdo dos carros passando além, na rua...

A viúva de um ladrão não podia continuar na mesma classe de que a memória do marido a arrancara. Não era só uma mulher pobre, era uma mulher vilipendiada. Estávamos bem no cortiço: só aquele lugar é que nos competia...

Braga & Torres... Ah! se eu pudesse alcançar milhões... ser rica... lançar à cara daqueles homens soma igual à roubada a meu pai... pagar... pagar...

Minha mãe concluiu:

– Ainda assim a casa Braga & Torres perdoou o resto da dívida, e foi ela que pagou o médico e o enterro de teu pai...

Chorei.

## V

Corriam os dias na mesma lida[1] e monotonia. Afinquei-me em um estudo quase aflitivo. O esforço intelectual pôs-me nervosa, irritada, magra. Tinha a constante preocupação de que ia ser vítima de um desastre imprevisto.

Nunca cheguei à casa que não esperasse encontrar minha mãe morta; nunca atravessei uma rua que não imaginasse ser esmagada por um carro, nunca desejei uma viagem que não temesse um naufrágio.

Via a sombra da morte em tudo. Embora eu quisesse esconder essas impressões com recato, elas se evidenciavam a cada instante. Minha mãe levou-me ao médico, que me aconselhou – distrações... remédio bem difícil para nós.

Mais uma vez D. Aninha veio em meu socorro. Levou-me consigo a passeios; deu-me vidros de tônicos; aconselhou-me a estudar menos. Responsabilizava-se pela minha carreira. Incutia-me coragem. Senti que a sua amizade por mim crescia com a convivência e que o seu interesse era menos piedoso do que sincero.

Eu ia agora menos vezes à casa da ilhoa, fiel como nós ao cortiço, agora só denominado por – *avenida*.

O pequeno Manuel perturbava-me: sempre a tremer muito, com as orelhas descaídas para a frente, a cabeça raspada à es-

1. *Lida*: trabalho, esforço.

covinha, cheia de falhas de cabelo, das cicatrizes dos seus trambolhões. Tinha o olhar parado, muito aberto; os ossos parecia furarem-lhe a pele, franzida e mole, de um branco opilado.

Doía-me ver aquela pobre criança, cerrando os dentes aos alimentos, sumida dentro da sua velha roupinha, que parecia crescer a cada uma das sacudidelas que ele lhe imprimia nas suas convulsões.

Uma tarde, tínhamos saído e voltamos depois das dez horas. Vimos luz no quarto da ilhoa; mas eu sofria de uma enxaqueca tão forte, que nem nos lembramos de indagar a causa daquela novidade.

Na manhã seguinte, mal me levantei vi passar um caixão de defunto para a casa da ilhoa. Gritei por minha mãe. Ela já lá estivera bem cedo... Fora o pobre Maneco, disse-me, com os olhos cheios de água. Minha mãe ainda tinha lágrimas para o sofrimento alheio!

Fui visitá-los.

O pai nem me sentiu entrar. Sentado estava com as mãos nos joelhos e os olhos postos no chão e assim se quedou.

A Rita encolhia-se a um canto, com os seus olhos muito abertos, e a Carolina movia o formidável trambolho das pernas, agora muito inchadas, tirando roupas de um baú, enchendo a bacia de água, incensando a casa... mudando velas... trabalhando.

A porta do tabique estava aberta, e bem em frente, na cama estreita da irmã, o Maneco dormia o último sono, tão magro, tão branco, tão fino, que mal se distinguia nos lençóis.

A ilhoa, sentada aos pés da cama, contemplava o cadáver.

– Quando morreu? – perguntei à Carolina, mostrando-lhe o irmão.

– Hoje de madrugada, já há muitos dias que não conhecia ninguém... tremia... parecia que estava com um frio!

– Quando nasceu era tão gordo! – suspirou a mãe. – Todas as vizinhas m'o invejavam… O meu rapaz!

Entretanto, a Carolina lavava o irmão com um pano molhado, e vestia-o com muito cuidado, como se temesse desprender-lhe os braços ou as pernas…

Nenhum grito, nenhum acesso, nenhum ataque perturbou a tristeza grave daquela morte tão esperada e tão triste… Estavam todos quietos.

Chegou enfim a hora das despedidas. A Rita beijou o irmão na testa, fechando os olhos, com um leve estremecimento que lhe percorreu o corpo. A Carolina beijou-o na face, inundando-o de lágrimas. O pai abençoou-o muito comovido. A mãe então suspendeu nos braços aquele corpo imóvel de uma magreza transparente, e aconchegou-o ao peito, como se o quisesse guardar; depois beijou-o longamente, longamente, e foi depô-lo no caixão, sem flores, sem um crucifixo, sem nada…

Foi a primeira vez que eu a vi beijar um filho. Tive vontade de chorar; e saí.

Tinha-se passado seguramente um mês, depois da morte do Maneco, quando a D. Aninha me participou que eu começaria a vencer o meu ordenado de adjunta.

Fiquei tão alvoroçada que ela me permitiu que saísse mais cedo para dar a boa nova à minha mãe.

## VI

Supunha eu que o meu ordenado bastasse só por si para uma completa modificação na nossa vida. Alegrava-me por poder assumir a responsabilidade de tudo. A sala da aula com o seu relógio de parede colocado sobre o crucifixo de marfim, em frente ao retrato litografado do imperador, parecia-me a visão do paraíso. Era dentro daquelas paredes que eu tiraria o sustento e a independência para minha mãe...

Que jubiloso instante, esse em que eu, trêmula de comoção, lhe disse poder contribuir para a nossa subsistência. Falei voluvelmente, loquazmente, beijando-a repetidas vezes nas faces, na boca, nos olhos, com uma efusão de ternura pouco vulgar em mim.

Depois de uns instantes, mais calma, chamada à reflexão pela sua placidez, combinamos sair no dia seguinte, domingo, a procurar na vizinhança do colégio uma casa pequena, independente e clara. Acabava-se a humilhação do cortiço; em breve deixaria de passar por aquele grande portão em que nunca entrou Clara Silvestre...

Estavam a concluir uma casa pequena, alegre e bonitinha, quase em frente ao colégio.

Convinha-nos. Dirigimo-nos ao senhorio. O aluguel absorvia-me o ordenado inteiro! Saímos desconsoladas e pensativas. Calculávamos em silêncio as probabilidades de realizarmos a mudança.

Tornamos a passar pelo *chalet*[1] e paramos de novo a vê-lo. Era elegante, cor de pérola, com uma veneziana de cada lado da porta e em cima os lambrequins[2] de madeira, aos bicos, guarnecendo o beiral do telhado.

Continuamos a andar, sem dizer palavra.

Realmente precisávamos tomar uma resolução; mas como o *chalet* não estava ainda concluído, decidimos esperar, sempre dizendo que não nos convinha, mas com o sentido nele.

Assim estivemos muitos dias, até que uma circunstância inesperada obrigou-me ao arrojo de o alugar.

Eu tinha ido à tarde com a professora à Escola Normal, e tomava notas da explicação de física, quando, levantando a cabeça, vira olhar atentamente para mim um rapaz desconhecido, com uns grandes olhos muito brilhantes; baixei imediatamente os meus para o livro de apontamentos; contra a vontade, porém, erguia-os de vez em quando e fixava-os rapidamente no ponto da sala de onde me vinha o doce brilho daquele par de estrelas luminosas... Deliciosa e atormentadora hora...

Uma colega, a meu lado, compreendeu a minha perturbação, e riu-se baixinho. Ao sairmos, disse-me maliciosamente:

– Bravo, *ele* é muito *chic*!

E fez-me rasgadamente uma cortesia, deixando-me embaraçada.

Quem seria aquele rapaz? que fazia ali? Não o soube nunca. O que é certo é que os seus olhos não se desfitavam de mim, e que eu tremia, corava, desfalecia de confusão e de enleio.

1. *Chalet*: chalé. A grafia francesa mostra que a palavra começava a ser incorporada ao português.
2. *Lambrequins*: adornos de beiral de telhado.

Por fim, a minha mestra apareceu à porta, mesmo ao pé do tal rapaz dos olhos negros e chamou-me. Obedeci e passei perto dele de cabeça baixa, como se tivesse praticado um crime; não sentia o chão sob os pés, ia aérea, ia nervosa, ia doente, ouvindo o pigarro indiscreto de todas as minhas companheiras agrupadas no corredor.

Quando me vi na rua, respirei o ar livre da noite.

Tomamos o bonde; olhei para trás, ele entrara também! Apeamo-nos na esquina, ele apeou-se e seguiu-nos! Senti momentaneamente um grande júbilo, mas veio-me em seguida um pavoroso medo de transpor à sua vista o negro, o medonho portão do cortiço, aberto como uma goela esfaimada...

Diminui a marcha, vacilante. A professora perguntou-me o que eu tinha, pretextei uma enxaqueca, e ela deu-me bondosamente o braço. E assim nos fomos, a pouco e pouco, aproximando da minha triste casa, daquele quarto metido no fundo de uma viela lamacenta.

Chegamos por fim ao portão do cortiço, paramos ambas; ela despediu-se, dando-me um beijo carinhoso e aconselhando-me cuidado: que recompusesse as minhas notas; e seguiu apressada.

Eu entrei sem olhar para trás, com o rosto em fogo e o coração aos saltos, em batimentos desequilibrados.

O rapaz dos olhos brilhantes passou; ouvi-lhe os passos, e vi-lhe a sombra desenhada fugitivamente numa parede branca. Nunca mais o tornei a ver na Escola nem em parte alguma; mas foi ele quem me decidiu a alugar definitivamente o pequeno *chalet* cor de pérola, de venezianas verdes e lambrequins de madeira a guarnecer o beiral do telhado.

Entretanto, só agora, através de tantos dias de amarga experiência, me nasce no espírito esta dúvida que não me alvoroça, e me faz ter piedade de mim mesma:

– Seria a mim ou à D. Aninha que aquele rapaz dos olhos negros seguia?

E tudo me fez crer… que era a ela!

## VII

Fizemos a mudança. Agora entrava sem frouxidão a luz do dia na nossa morada alegre, com um belo cheiro a nova, toda envernizada e limpa. A mobília destacava-se de velha, rara e feia naquele ninho risonho e fresco; mas... ora! isso a pouco e pouco se iria arranjando também.

Minha mãe trabalhava sempre; assim era preciso para sustentar-nos. A nossa vida não decorria num cenário tão lúgubre, mas estava longe de poder ser considerada feliz...

Que desejava eu até aí?

Um cantinho independente e asseado. Tinha-o; que ambicionaria mais?

A ventura, que anda sempre arredia dos que nasceram sob uma estrela, como a que me iluminou desde os primeiros passos.

Há sempre uma aspiração no fundo da nossa alma. Eu sentia-a. Ao princípio indeterminada, vaga, doce como a dúbia claridade do amanhecer; mas o colorido suave cresceu, cresceu gradualmente, até ao afogueado brilho do incêndio.

Eu amava! Amava aquele rapaz elegante que me plantou no coração um sentimento desconhecido. Passaram dias e meses e nunca mais o encontrei. Foi porque me viu entrar para o cortiço, explicava-me...

Esse amor parecerá absurdo a quem não tiver, como eu tive sempre, a preocupação da fealdade; a quem não se sentir isolada na vida, longe de todos os primores da graça, da distinção ou da inteligência.

Eu, além de feia, era inabilidosa. Nunca soube fazer um laço, cortar um vestido, pregar uma flor. A pequenez dos meus olhos de um verde sujo, a cor trigueira das minhas faces de maçãs salientes, a longura dos meus braços finos e o modo desengraçado do meu andar, que eu nunca soube corrigir, asseguravam-me que ninguém pousaria em mim a vista com prazer; que eu cortaria a vida, de ponta a ponta, sem deter os passos de quem quer que fosse num movimento espontâneo de simpatia…

Convenço-me de que, naquele rapaz, eu não amei o homem: amei o Amor, a hipótese de ser amada – que é o melhor sonho de todas as mulheres, mesmo daquelas que brilham, que são formosas, que fascinam…

Amei o Amor, e vivi embalada nesse idílio sem que os meus atos regulares e serenos traíssem as minhas comoções.

Amei o Amor e chorei lágrimas que me queimavam o rosto e torturavam a alma. Amei o Amor e o Amor desprezou-me e fez-me envergonhada de mim mesma…

A minha amargura íntima não me arredou dos meus deveres. Esmaguei o meu segredo absurdo e redobrei de assiduidade no trabalho e de esforço no estudo. Essa crise moral fez-me ter mais tarde a percepção de que no fundo eu era *alguém*. Alguém que inconscientemente eu andava buscando na desorientação da vida…

Insinuei-me. A mestra apontava-me como exemplo às alunas. Aquilo incomodava-me; suscitei invejazitas e deram-me maliciosamente a alcunha de – a *santinha*.

Assim cheguei à idade de dezoito anos, passando o melhor tempo a estudar para ensinar, ou curvada sobre a costura, ao lado de minha mãe, que enfraquecia muito e trabalhava sempre, a engomar, a engomar... Envelhecia depressa, mas não se queixava nunca; nem mesmo quando lhe repudiavam o trabalho, obrigando-a a fazê-lo de novo. Desculpava as impertinências dos outros compreendendo que a culpa fora sua, não por menos caso, mas já por má vista e cansaço... Se eu me revoltava, ela explicava:

– Quem paga quer o serviço bem-feito. É justo...

Às vezes penso que aquela filosofia era feita pela vontade de educar-me na escola da paciência, tão necessária aos pobres, e que no seu coração ardia como no meu a mesma revolta sufocada mas desesperada...

Minha mãezinha... minha mãezinha...

– Venha hoje passar a noite conosco, Marta, temos uma festinha em casa...

– Mas D. Aninha... eu...

– Não aceito desculpas. Sabe quanto sou sua amiga e a sua presença me faria falta. Não há luxo... bem sabe. Virá muito bem com o seu vestido azul...

– Acha?!

À noite, vesti o meu vestido azul, comprado com o produto do *crochet*, feito no recreio das meninas; pus no pescoço uma fita, no peito uma rosa e dirigi-me acompanhada até à porta por minha mãe, que prometeu voltar a buscar-me às onze horas da noite, dizendo que me esperaria embaixo, no vestíbulo.

Subi sozinha. Ia envergonhada e trêmula sem saber por quê; no meio da escada, tive vontade de voltar para trás, de correr para minha mãe. Nas reuniões é sempre o momento da entrada o mais custoso para as raparigas tímidas e inexperientes, como eu.

Embora a casa me fosse familiar, naquela hora parecia-me outra. Já na saleta da entrada, um grupo de homens desconhecidos e que parecia estar ali de propósito para ver quem passava, me pôs cor de pitanga, por lhe suspeitar a crítica sobre a minha pessoa. A sala da aula e as particulares da professora tinham sido convertidas em salões de dança. Dava-me tudo a impressão de ser maior. Vivendo num cortiço, eu tinha a fascinação fácil… De resto, nunca vira tamanha profusão de flores e de luzes.

Estava ainda perplexa no corredor quando me senti envolvida por várias senhoras que se dirigiam para a *toilette*[1]. Deixei-me ir na onda. Enquanto tiravam as capas e em frente ao espelho se empoavam, perfumadas e rutilantes, encolhi-me a um canto, sobre um tamborete a pensar: – A mocidade é isto: a beleza, a graça, a desenvoltura… tudo que não tenho, que não terei nunca…

Lá voltava a inveja a roçar-me com a sua asa negra!

Ao rumor da música, saíram todas. Fiquei só, percebi então que sob o seu ar de festa era tudo meu conhecido: a mobília austríaca preta, coberta com rendas que eu ajudara a fazer na aula; o tapete de rosas de lã junto ao sofá, em que eu trabalhara também, a almofadinha dos alfinetes e os bordados do estore[2] fabricados pelos meus dedos e tanta coisa mais! Aquilo deu-me coragem. Era uma companhia. Levantei-me, fui também ao espelho: que diferença entre mim e as outras! Subitamente lembrei-me de Lucinda e voltei depressa para o meu cantinho, onde permaneci encolhida e vexada até que D. Aninha apareceu e forçou-me a ir à sala.

– Não seja caipira; que tolice, Marta! Você parece criança…

1. *Toilette*: banheiro.
2. *Estore*: tela usada para diminuir a incidência de luz em um ambiente.

Era dia dos anos do marido, o Sr. Jerônimo de Andrade, que principiava a gozar de certa consideração política e a quem uns colegas seus, empregados na mesma Secretaria, tinham oferecido um retrato a óleo. A obra de arte, feita por fotografia, era elevada ao sétimo céu. Havia também quem só elogiasse a moldura, larga e resplandecente, e quem, amigo de minúcias, se extasiasse ante a perfeição com que aparecia na tela o lacinho da gravata preta do Sr. Andrade.

Na minha incompetência, eu achei tudo excelente.

Enquanto dançavam, D. Aninha informava-me:

– Vê aquelas três meninas? São de um cunhado meu, médico; tem quatro filhas, cada qual mais bonita…

– E a de cor-de-rosa, perto da janela?

– É minha afilhada, Clotilde; tem uma esmeradíssima educação e é muito boa. A mãe é aia[3] da Imperatriz.

Apresentou-me depois a outra sobrinha, a Leonor; cedeu-lhe o lugar e afastou-se para diferente grupo.

A minha nova companheira era muito alva, muito loira, de olhos rasgados, dum azul escuro, abismal; cintura fina, e tinha a expressão angélica. Trajava de branco, como uma noiva, e engrinaldava-lhe a cabeça luminosa uma haste flexível de jasmins.

Vendo-lhe os pezinhos calçados de cetim, escondi os meus embaixo da cadeira…

E assim fiquei constrangida até que, por faltar um par para os *Lanceiros*[4], D. Aninha obrigou-me a levantar-me.

Estremeci de medo. Disse-lhe que não sabia… que não podia… que me achava doente…

3. *Aia*: dama de companhia ou governanta de pessoas nobres.
4. *Lanceiros*: soldados de cavalaria que usam lança, introduzidos no exército no século XIX.

– Não faz mal! Estamos em família... o conselheiro terá a bondade de guiá-la.

– Mas... eu não sei...

– Não temos mas. Vá lá, é preciso que dance, uma vez é a primeira.

O conselheiro tinha um sorriso amarelo, frio, embirrativo. Não estava disposto, resolvera-se a dançar por obedecer à intimação.

Rompeu a música; fui, como para um sacrifício, para o meio da sala. Experimentava um mal-estar terrível, percorriam-me a espinha uns arrepios de frio prenunciadores de febre...

Os *vis-à-vis*[5], sorriam-se com discrição; eu empalidecia e corava simultaneamente; o conselheiro dançava evidentemente aborrecido.

A minha tortura prolongou-se e cada vez mais, à proporção que se complicava o desenho intrincado da quadrilha. Querendo ir para a esquerda ia para a direita; voltava-me indecisa e reparava que se riam dos meus enganos, da minha desastrada *gaucherie*[6].

Logo que vibrou o último acorde, levou-me o conselheiro quase apressadamente para a primeira cadeira vazia que viu, e sumiu-se no longo corredor, em direção à saleta do jogo.

Serviram o chá. Tirei duma bandeja de doces umas pastilhas enfeitadas e guardei-as na algibeira[7], para levá-las à minha mãe. Quando levantei a cabeça notei que uns rapazes me olhavam desdenhosamente, sorrindo do meu movimento.

5. *Vis-à-vis*: expressão francesa que significa "frente a frente".
6. *Gaucherie*: do francês *gauche* = esquerdo. Usada com o sentido de desajustado, inábil, desajeitado. *Gaucherie*, portanto, significa acanhamento, embaraço, falta de jeito, de fineza.
7. *Algibeira*: bolso.

Baixei os olhos, compreendendo que praticara uma grande asneira, já então irremediável; nisso ouvi uma senhora idosa perguntar distraidamente ao marido:

– Que horas são?

– Duas – respondeu ele com todo o descanso e serenidade. Estremeci. Duas horas, e minha mãe esperava-me às onze! Levantei-me, procurei em vão a dona da casa, atravessei o salão e desci rapidamente a escada.

Atrás de mim, ficava uma multidão alegre, os risos, as flores, as luzes, tudo que, por brilhante, encanta a mocidade.

Sentada em um banco do vestíbulo, envolta em um xale preto de franja rala, minha mãe esperava-me, curvada e fria, olhando para o chão.

Bati-lhe no ombro, beijei-a na face, pedindo-lhe perdão da demora.

– Não faz mal – respondeu-me –, contanto que te divertisses...

– Que me divertisse! Em casa contei-lhe tudo. Ela ouviu-me, ajudando-me a despir-me, e deitou-se tranquila ao meu lado.

No outro dia, era eu, como sempre, a primeira a entrar na aula. Logo que a professora chegou, pedi-lhe, envergonhada, desculpa de ter saído, na véspera, da sua festa, sem me despedir; e contei-lhe tudo. Ela sorriu, perguntou se eu me tinha divertido, mostrando não ter notado a minha falta, nem mesmo ter dado pela minha ausência...

Aquilo desapontou-me, voltei para o meu trabalho, dizendo de mim para mim:

– Decididamente, foi só para isto que eu nasci.

## VIII

Aquela festa foi um acontecimento extraordinário e não me deixara, contudo, uma impressão grata... deslumbrara-me ao princípio, mortificara-me depois. Eu, apesar da idade, do raciocínio e das grandes provações, tinha no fundo da alma um pouco de vaidade, que só no meio obscuro em que vivia ordinariamente dormia o sono profundo dos sentimentos sopitados. Comecei tarde a conhecer a vida. Em um país tropical e ardente como o meu, em que é tamanha a precocidade das crianças, eu poderia ter parecido, se alguém se tivesse dado ao cuidado de atentar em mim, como uma verdadeira exceção. A minha existência de encarcerada, de criança que, numa terra de fartura, não comera nunca para a sua fome, e cuja única distração que lhe tinha sido proporcionada fora a do estudo embirrativo, foi a causa do meu atraso em tudo. Não culpo minha mãe, antes a louvo. Pelo pavor à convivência do cortiço, prendia-me em pequena junto à tábua de engomar, de que me lembro com desgosto. Às vezes, ao ouvirmos o tropel dos Lanceiros a cavalo que acompanhavam o carro do imperador e a bulha da pequenada da estalagem precipitando-se para o portão para o ver, ela enchia-se de pena por mim, e consentia-me ir também na onda. Entrava também nisso um pouco da grande fascinação que sentia pelo soberano que, felizmente, não tinha outro caminho para ir e vir da cidade...

Sempre era uma distração.

Quando ele passava, toda a gente, avisada pelo estridor da cavalhada que o acompanhava, corria às calçadas, para lobrigar[1] ao menos através das portinholas da caleça[2] imperial, as suas barbas brancas.

Comecei a ter vertigens e um humor execrável em que me fechava num silêncio agressivo.

Correu minha mãe alvoroçada ao médico e o médico aconselhou que me casasse. Aquilo era histerismo. Tais palavras foram como que chicotadas que me batessem nas faces. Minha mãe ficou-se a olhar para ele, com olhos tristes...

O médico sorriu e remediou:

– Ou então uma viagenzinha, distrações... ar puro...

Desdenhei-lhe o conselho por achá-lo irrealizável. Ela, porém, não descansou, e foi ter com a mestra, a quem disse tudo entre lágrimas.

A ocasião era boa:

D. Aninha fazia as malas para ir passar um mês em Palmeiras, onde alugara casa. Combinou-se tudo: minha mãe pediu dinheiro adiantado a um freguês antigo, o Miranda, homem generoso, comprou-me alguma roupa branca, que perfumou com pétalas de rosa e folhas de malva-maçã, consertou-me um vestido a mais, passando para isso a noite em claro, comprou-me a passagem, e entregou-me com um sorriso animador e confiante à mestra, pedindo-me que lhe escrevesse sempre, sempre...

Ao despedir-me, desatei a chorar.

A viagem foi curta, mas a novidade assombrava-me. Quando chegamos a Palmeiras, o dia declinava. Punha-se o sol

1. *Lobrigar*: ver; entrever.
2. *Caleça*: tipo de carruagem luxuosa, de quatro rodas, usada no Brasil Imperial.

muito rubro além das montanhas; uma infinidade de montanhas que davam à terra um aspecto de mar petrificado…

Na *gare*[3], pouca gente: o chefe da estação; dois rapazes magros e pálidos, convalescentes a ares; umas inglesas faladoras; e um velho escocês esguio, alto, muito simpático, o Dr. Gunning, a quem o marido da mestra nos apresentou como nosso senhorio.

Findos os primeiros cumprimentos, o escocês rompeu a marcha para a casa. Subimos a pé, ladeando um vale ao lado da estrada, cercada de framboesas e de mato cheiroso.

Íamos por um caminho flexuoso, que leva acima, ao hotel sobre o túnel. A meio da estrada, paramos em frente a uma casa branca com varanda de madeira preta…

Era a habitação que ele nos destinara. Entramos. Mostrou-nos obsequiosamente os cômodos, salas, quartos, mobília, pouca e simples, e a esplêndida vista das janelas.

Que ar fino, que aroma, que tranquilidade e que beleza!

Na vasta solidão azulada do céu, brilhava já a estrela Vênus, luminosa e grande.

Deram-me um quarto pequeno, mas claro e alegre. Tínhamos ido só três pessoas, além de uma criada.

O chefe da família gostava de caçar, a mulher, de ler. Sentia-me isolada. As maravilhas da paisagem e o clima magnífico compensaram-me das minhas decepções. Engordei.

Às vezes a professora saía comigo e eram então vagabundagens deliciosas.

O nosso senhorio convidava-nos a ir ler na varanda do seu *chalet* e aproveitamos o oferecimento. Entrávamos por um estreito terreiro que havia ao lado da casa, onde uma

3. *Gare*: palavra francesa que até o início do século XX era usada para designar uma estação ferroviária.

arara já velha e cega catava as penas com o bico. Eu parava sempre a cumprimentá-la e tomei-me de simpatia por ela, que não me retribuía do mesmo modo, o que fazia rir D. Aninha.

– Você não se emenda, Marta! Um dia, em vez do biscoito que você lhe oferece, ela come-lhe um dedo.

A casa do Dr. Gunning vivia aberta para toda a gente. Creio que nem as gavetas fechava. Era um solitário e um confiante. Ali, passávamos horas na varanda, ela a ler, eu a bordar. Cercava-nos o silêncio, cortado apenas pelo zumbido de uma ou outra abelha na perseguição das flores. Um perfume bom nos envolvia; e a aragem agitava as trepadeiras da varanda.

Descíamos, em alguns dias, à grota, escorregando no terreno declivoso, rindo, agarrando-nos às ramas baixas das árvores para não cairmos.

Chegadas lá abaixo, ao fundo, ouvíamos o marulhar da água, colhíamos lírios amarelos e roxos, e, provendo-nos de coragem, ascendíamos à montanha, esfolando as mãos nos galhos, parando de vez em quando, sentando-nos a ouvir um canto de ave desconhecida ou a ver flores novas. Voltávamos para casa de alma alegre.

Uma ocasião, em vez de descermos, subimos a montanha, a colher framboesas. Passamos o hotel e caminhamos para diante, internando-nos no bosque, onde a luz do sol penetrava numa rendilhação luminosa. Sentamo-nos em umas pedras a descansar na paz calada da mata enorme.

Nenhuma de nós era contemplativa, mas a religiosidade do ambiente infiltrava-nos na alma uma doçura indefinível e o prazer do silêncio.

E mudas estivemos por largos minutos até que um rumor súbito nos fez voltar a cabeça, quase assustadas. Vinha gente. Eram três rapazes. Vendo-nos um deles soltou uma exclamação. Era um parente de D. Aninha. Os outros, mal apresentados, desculparam-se e seguiram para diante. Ele ficou.

– Então, Anita, aproveita as férias? Faz bem. Isto é realmente encantador, adorável, esplêndido! Venho muito para aqui no verão… e às vezes, mesmo, no inverno, não resisto. Ver desfazer-se o nevoeiro lá do alto do terraço do hotel é divinamente ideal. Demora-se por cá?

– Um mês.

Quanto adjetivo! – pensei de mim para mim. E que exagero…

– Bravo, priminha! Eu também pretendo demorar-me uns quinze dias pelo menos… Gozo também as minhas férias! Depois de formado, adeus dias destes! Já me lembrei de montar em Palmeiras uma casa de saúde em ponto grande, mas recuei ante o sacrilégio inominável! A pureza deste sítio é inviolável. Seria um crime contaminá-la com as mazelas da cidade. E que cidade!

– Não será propriamente por isso que você deixe de construir o seu hospital…

– Também porque me enfadaria viver sempre imerso nesta catedral verde. Não nasci para monge.

– Bem sei…

– E talvez ainda nem saiba tudo!

Sorriram. Ele continuou:

– Creia-me priminha: para dar valor a estas maravilhas é preciso a imundície do Rio, as suas ruas estreitas com mantas de carne seca penduradas nas portas dos armazéns; aquela população masculina vestida de preto que dá aos cafés aspectos soturnos; os tílburis conduzindo parteiras e médicos aos solavancos sobre o pavimento escalavrado; o calor; os mosquitos; os benefícios das atrizes más; as reuniões dançantes com a polca zizi[4]; e a saturação de muitas outras calamidades, fora a febre amarela...

– Em todo caso...

– Viver lá de dia... e dormir aqui depois das duas da madrugada!

Foi a primeira vez que senti uma simpatia súbita por alguém. Estava como que fascinada pela expressão daquele rapaz de olhos maliciosos e ternos, cabelos castanhos, de largas ondas e mãos preguiçosas. Nele, a volubilidade da voz não correspondia a do gesto, o que sempre me espantou.

Prolongou-se a conversa. Seguimos depois juntos até a casa. O primo da minha amiga prometeu voltar no dia imediato, para levar-nos a ver um *chalet* de um amigo.

– Venha almoçar conosco amanhã, Luís – disse-lhe D. Aninha. Ele aceitou o convite e partiu.

Ao vê-lo voltar as costas, pusemo-nos a falar a seu respeito; eu ouvia interessada a história, um tanto romanesca, que a mestra lhe atribuía. Aventuras amorosas, rasgos de generosidade, alguma inteligência, muita pretensão...

Cousa singular: nessa noite, no meio de sonhos atribulados e febris, confundia-o com o rapaz que havia três anos demorara tanto em mim os seus olhos, na Escola Normal...

Levantei-me cedo: estava impaciente sem saber por quê; tive mais apuro na *toilette*[5], fiz um penteado novo, e prendi

4. *Polca zizi*: polca é um gênero musical e uma dança de salão animada, de andamento rápido. Houve duas polcas de sucesso com o nome Zizi. A mais famosa é uma composição de 1904 do compositor francês Émile Charlier. O italiano Giulio Alary compôs no século XIX uma "Zizi-polka". No texto, a palavra parece ser utilizada como adjetivo, para designar composição que caiu no gosto popular.

5. *Apuro na toilette*: cuidado na arrumação das roupas, maquiagem e cabelo.

no meu corpete[6], abotoado à militar, um ramalhete de flores, o que espantou D. Aninha.

Nesse dia, esqueci a minha fealdade…

O Sr. Jerônimo desistiu da caça e prometeu fazer-nos companhia.

Luís tardava; decidíamo-nos a almoçar sem ele, quando o vimos entrar alegre e bem-vestido.

Aos ralhos da prima opôs uma humildade desarmadora de todas as indignações.

– Que querem? – exclamava ele – Passei uma noite agitadíssima!

– Não dormiu?

– Dormir!? Eu nunca pratico semelhante vilania! Dormir! Oh! Aninha, pelo amor de tudo que lhe é caro, não me julgue tão banal! Eu compus, eu li, eu contemplei no meio das sombras que me cercavam o inquieto tremeluzir das estrelas, eu…

– Basta! Eu sei que você fez tudo isso, mas que se esqueceu do principal.

– Do principal? Olhe; é provável…

– A sua tese, os seus estudos!

– Os meus estudos! Eu vir estudar medicina em Palmeiras! Que horror, que monstruosidade! Que inacreditável prosaísmo, e que mau gosto! Não me repita tais palavras, prima, se não me quer ver cair a seus pés num delíquio[7] mortal! Medicina é coisa que não estudo nunca!

Acabado o almoço, saímos. Íamos quatro, sendo eu sempre a mais silenciosa.

Percebi que ele perguntava atrás, ao primo, qualquer coisa a meu respeito. A resposta foi num tom tão baixo que não me foi possível ouvir nada.

6. *Corpete*: parte superior da vestimenta feminina, colete.
7. *Delíquio*: desmaio ou perda de consciência.

Chegamos ao decantado *chalet*; estávamos fatigados, sentamo-nos no jardim gozando a paisagem fronteira. Depois de uma grande pausa contemplativa, Luís começou:

– Se eu fosse rico… construiria além, sobre o pico daquela montanha, um castelo maravilhoso, que eu faria visitado pelas maiores celebridades mundiais em arte, ciência e letras… Quando me desse na ideia espalhar por todas essas quebradas harmonias dos grandes sinfonistas, ordenaria a vinda, fosse de onde fosse, das melhores orquestras. E assim cantores e concertistas sublimados. Sabem como adoro a música…

– Os seus hóspedes talvez se aborrecessem…

– Delirariam de prazer. Esta natureza é inspiradora; de resto espalharíamos pelo mato faisões dourados, pavões brancos e pavões furta-cores; corças; um ou outro tigre…

– Tigre?!

– Para o arrepio. Ouvir no silêncio da noite urrar uma fera, que beleza!

– Antes macacos –, objetou o Dr. Andrade.

– Sim… talvez… um casal de orangotangos. Para os meus passeios, e os de V. Exas., variedade de condução: um elefante branco ajaezado[8] de ouro e escarlata; cavalos de raça; carros suntuosos; uma rede de malhas finas franjada de pedrarias em que dois negros lustrosos me conduzissem em passeios lentos sob o céu estrelado. Sempre gostei de contemplar os astros… Escorjaria de inveja os professores que me têm reprovado e outros inimigos, e teria depois o prazer de os ver, arrependidos e cobiçosos, irem juntar-se como animais gregários, comendo nos meus pratos de Sèvres[9] e

8. *Ajaezado*: decorado, adornado.

9. *Prato de Sèvres*: desde o século XVIII, a comuna de Sèvres, nos arredores de Paris, produziu excelentes objetos de porcelana, admirados no mundo todo pelo seu desenho e qualidade.

da Índia a carne fina dos meus salmões. Criaria uma cidade, numa daquelas montanhas, deixando entre ela e o meu castelo a floresta escura, silenciosa, de onde não me viessem murmúrios de vozes nem ecos das paixões humanas... Que arquitetura!...

– E os moradores da cidade...

– Seriam escolhidos entre os paupérrimos das grandes capitais, teriam casa ajardinada, banhada de luz por todos os lados, com água farta e pura e um panorama esplêndido em frente, a perder-se na imensidade. Construiria um edifício-museu, grandioso, onde hospedasse os mais célebres pintores, escultores e poetas, mandados vir de além-mar nos meus iates, com a determinada condição de ficarem gozando ali seis meses de luxo, mas deixarem nele como lembrança uma obra original.

Um paraíso, meus amigos, transbordante de maravilhas, onde não seria permitido politicar (sob pena de expulsão), onde todas as mulheres teriam, como primeiro dever, serem belas; os homens fortes e inteligentes; os velhos bons; as crianças meigas e todos muito leais, muito meus amigos!

– Já me tardavam as condições...

O marido de Anita sorria desdenhoso.

No seu largo rosto vermelho, salpicado de grossas camarinhas de suor, estampava-se o contentamento de quem nada mais ambiciona. Aquele sossego doce, aquela distância da cidade, do trabalho quotidiano e monótono, bastavam-lhe como ideal de ventura.

Embora percebesse no primo um sentido brincalhão, desagradavam-lhe as suas teorias e artificialidade, e impacientava-se. Por isso aproveitando a primeira pausa, interveio:

– Pois eu, se fosse rico, iria viajar, vindo depois viver para aqui, assim sem luxo, sem vaidades tolas, nem lisonjas importunas. Roupa leve, simples, mesa farta, boa espingarda, um perdigueiro adestrado... sono de boa saúde e nada de música, nada de danças nem de recepções. Para o homem este repouso tranquilo, esta amenidade, é a maior alegria, o gozo mais salutar e edificante...

Entrei por fim na conversa, instada por D. Aninha, que me perguntava repetidamente:

– E você que faria se fosse rica?

As minhas aspirações eram modestas, em poucas palavras disse tudo. Quando acabei vi fitos atentamente em mim os olhos de Luís. Desde esse momento não pude conservar por muito tempo os meus longe dos dele...

Ao voltarmos para casa ofereceu-me o braço e, inclinando-se para mim conversava, olhando-me de perto...

Disse-me ser estudante de medicina, que o seu ideal não era a riqueza nem a ostentação, nem os falsos e efêmeros prazeres, mas sim um lar iluminado pelo olhar doce de uma esposa honesta... um coração sincero e terno, onde sepultasse toda a sua vida...

Eu ouvia-o, comovida.

E desde esse instante idealizei o meu futuro...

Seria eu essa esposa, que lhe desse ventura. A nossa casa havia de ser um ninho dentro de um jardinzinho muito fresco! Eu plantaria trepadeiras a emoldurar a janela: umas rosinhas delicadas que se desfolhassem sobre as nossas cabeças, quando enlaçados e amantes nos debruçássemos no peitoril, segredando mil ternuras de amor! Minha mãe presenciaria aquele quadro num embevecimento e assim realizaríamos o mais formoso e o mais querido dos sonhos. Luís olhava-me com persistência, sorria-me, distinguia-me com os pequeninos nadas de um pretendente apaixonado. Entreguei-me feliz ao meu amor nascente, cheia de confiança.

Que dias aqueles para a minha alma triste! Que dilúvio de promessas, que doçura de esperanças! Outra expressão amenizava a minha fisionomia rebarbativa. Tornara-me expansiva, risonha, quebrara a minha mudez doentia; se não tivesse a quem, eu falaria aos passarinhos!

# IX

O tempo voava.

Luís era assíduo. Levava-me todos os dias flores colhidas nas suas excursões de que tinha sempre a contar um caso pitoresco.

Desapareceu-me a tosse e a febre; tornei-me mais gorda e corada, logo de manhã cedo saía, encontrava quase sempre Luís, que caminhava a meu lado, falando e fazendo-me falar, rindo-se descuidosamente e afirmando que eu tinha espírito por dez homens...

Eu acreditava naquilo e sentia em verdade o que não experimentara nunca: muita facilidade em expressar-me e uma alegria saudável, nova, que me invadia toda. À tarde tornávamos a sair; íamos à *gare*, ou ao alto da montanha ver a grande pluma branca do fumo da locomotiva aparecendo e desaparecendo além nos túneis... D. Aninha assestava o binóculo e ficava-se em contemplação. Luís lia-me então uns versos feitos nesse dia; coisas banais mas lisonjeiras, que eu achava muito bonitas...

Dava-me depois o original, com um modo significativo; eu lia e relia os versos, cada vez mais encantada. Hoje, quando qualquer desses papéis me cai nas mãos, sorrio da minha ingenuidade...

Numa dessas tardes, em que ele acabara de ler-me um madrigal amoroso e terno como um arrulho, formou-se subitamente uma tempestade medonha. Os trovões rebentaram furiosos.

As nuvens baixavam, negras, enoveladas, lambendo os cimos dos montes, cobrindo-os com um véu esfarrapado e fumarento, deixando aparecer nos seus pedaços rotos as manchas verde-negras da vegetação. Voavam em bando as aves grandes, assustadas, a baterem com as asas sobre as nossas cabeças, num *frá-frá* medonho!

Principiamos a descer rapidamente a íngreme colina. Faiscavam no ar, ziguezagueando, fitas luminosas. Corríamos os três: D. Aninha corajosa, Luís risonho, eu espavorida.

Desde criança que as tempestades tinham sobre mim uma influência enorme. O meu temperamento parecia elétrico. Maldizia a minha natureza tímida e nervosa e não sei como pude correr, estando assustada e cega de medo, um medo indescritível! Parecia-me sem fim o caminho. A chuva não tardaria. Deparamos com a cabana de um negro lenheiro, um velhinho engelhado, e recolhemo-nos nela. Luís rindo sempre, D. Aninha séria, eu de mãos postas.

Ia escurecendo cada vez mais. Em frente à porta aberta olhávamos para a paisagem erma, quando vimos uma figura de mulher atravessar a estrada.

Era uma hóspede do hotel, rapariga nova, alta, bonita, rosto cor de leite e rosas, duma frescura encantadora, emoldurado pelos anéis sedosos do cabelo loiro; filha de um paralítico norte-americano, que não saía nunca e estava a ares[1] no campo.

Ela andava sempre acompanhada por um grande cão da Terra Nova que lá ia a seu lado, a passo.

O lenheiro chamou-a, oferecendo-lhe agasalho; ela agradeceu com um gesto, dizendo que assistira lá do alto à formação da tempestade – *que adorava aquilo!*

1. *Estar a ares*: buscar ambiente de ar puro para melhora da saúde.

Começou a chuva. Apesar de toda a minha aflição, percebi que aquela rapariga singular e romântica produzira em Luís uma profunda impressão. Ele curvara-se para fora e saiu a acompanhá-la com a vista, não obstante os ralhos da prima...

Esperamos ainda mas a chuva aumentava e decidimos partir.

Saímos; a uns cem passos, se tanto, da nossa habitação, um enorme estampido que foi repercutindo de eco em eco, abalou a montanha.

Senti fogo nos olhos, dei um grito inconscientemente, e cairia se me não amparasse Luís, que tentou levar-me nos braços; tive forças para resistir e, guiada por ele, cheguei à casa.

Passei a noite num sono, e acordei restaurada das grandes sensações nervosas que me haviam agitado. Da véspera só me restava uma impressão, e essa amável: a dos braços de Luís amparando-me carinhosamente... estremecia de inefável[2] júbilo, de inenarrável[3] contentamento! Voltavam-me à memória todos os incidentes do passeio e demorava-me a meditar no madrigal, dirigido a mim, ao meu coração bondoso e meigo...

Sem receios, desvanecida completamente a lembrança da americana, preparei-me e entrei na sala.

Nesse dia esperamos em vão por Luís. Eu ia à janela, voltava para o interior e descia ao jardim, sem que em nenhuma das vezes lhe tivesse lobrigado[4] a sombra.

D. Aninha parecia não estranhar a falta do primo; e fingia talvez não perceber a minha impaciência. Em que inquietação passei! A quantas probabilidades atribui aquela demora!

2. *Inefável*: algo que não se pode dizer ou descrever por sua grandeza, força ou beleza; indescritível.
3. *Inenarrável*: algo que não pode ser contado, reproduzido com palavras.
4. *Lobrigado*: entrevisto, vislumbrado.

A mais atormentadora era a ideia de que estivesse doente... sim, bem podia ser que lhe tivesse causado grande mal a chuva e o vento da última tarde...

Estávamos ao jantar quando sentimos passos no corredor. É ele! pensei, e o coração bateu-me com força.

Olhei alegremente para a porta e vi, desiludida, entrar um empregado da estação, que entregou ao dono da casa um telegrama da Corte; era da família, chamando-o à pressa, para ver a mãe, atacada nesse mesmo dia de uma congestão cerebral.

D. Aninha resolveu logo seguir também e principiamos a arranjar as malas.

Devíamos partir no dia seguinte ao meio-dia, e consegui deixar nessa noite prontos todos os meus preparativos de viagem.

Pouco dormi; de manhã cedo abotoei o meu vestido escuro de gola alta, pus o meu chapéu de abas largas e saí, afirmando que era para despedir-me do lugar.

Nunca o sol me pareceu tão claro, tão luminoso e belo. Dizia-me não sei que voz íntima que encontraria Luís pela última vez, nessa solidão perfumada e tão digna do *nosso* amor! O adeus, imaginava eu, quebrará o encanto, e ouvirei enfim dos seus lábios a suprema palavra, o *amo-te*, que nos ligará por toda a vida...

Os pássaros cantavam alegremente, saltitando de galho em galho. Num espreguiçamento voluptuoso, as hastes de trepadeiras cobertas de campânulas azuis, brancas e roxas iam-se entrelaçando, e no fundo escuro da folhagem erguiam-se como cibórios[5] de marfim os perfumosos *copos-de-leite*[6].

5. *Cibórios*: cálices onde se guardam as hóstias consagradas.
6. *Copos-de-leite*: nome comum a várias flores, geralmente ornamentais, com a forma de um cálice ou taça, frequentemente branca, mas que podem ser encontradas em outras cores.

A cada curva do caminho eu divisava lá embaixo os grandes vales atufados em verdura, arqueando-se aveludadamente de montanha em montanha, até se esfumarem além num tom vaporoso e violáceo.

Nesse embevecimento das coisas e do sentimento que me perturbava, eu fui-me aproximando do hotel, que dominava em cima a vastidão cheia de luz. Chegando junto ao portão entreaberto, parei atônita, gelada, como se me tivessem vestido de neve.

Sentada num banco do jardim, muito perto do gradil da estrada, a filha do paralítico, com a cabecinha brilhando ao sol, e os pés mergulhados no pelo farto do seu grande terra-nova[7], dialogava amorosamente com Luís!

Ele rodeava-lhe a cintura com o braço, numa intimidade que me encheu de espanto. Ouvi-lhes as vozes unidas como um murmúrio causado pela mesma quebra d'água ou a mesma ondulação da brisa.

É que as palavras de ambos vinham ao fluxo da mesma onda, rolando em igual sentimento.

Segurei-me aos varais de ferro para não cair, senti uma vertigem; respirava alto, escutando-lhes sem as entender, mas adivinhando-as claramente, de uma nitidez infernal, as suas expressões meigas e apaixonadas.

É verdade que eu aprendera alguma cousa de inglês com D. Aninha que, vendo a minha boa vontade para os estudos, me propusera bondosamente ensinar-me; mas a minha instrução limitara-se a uma meia dúzia de termos familiares. Contudo, isso habilitou-me a poder conservar na memória duas frases, unicamente duas, de entre tantas que eles trocaram, e essas mesmo por serem compostas com uma ou outra palavra já minha conhecida.

7. *Terra-nova*: raça de cão de grande tamanho, originário da Ilha de Terra Nova (Canadá).

– *Do you love me?* – perguntava ele, a envolvê-la com um olhar úmido, untuoso.

– *Oh yes, yes... with all my heart!* – respondia-lhe ela, languemente[8], coando por entre as pestanas cerradas a luz azul dos olhos rasgados.

Eu via-lhes os perfis; eles estavam de costas para mim; mas com os rostos voltados, quase unidos, num embevecimento!

No pescoço roliço e branco da americana, brincavam os anéis do seu cabelo preso no alto e aqueles fios crespos, curtos, soltos, agitados pela viração polvilhavam-na de ouro. Achei-a linda e enchi-me de raiva por aquela beleza.

Trêmula e cambaleante voltei, caminhando por um grande espaço ao acaso, sem cuidados, sem precauções. Era tal o estado de concentração de ambos que não ouviram os meus passos, nem a minha respiração forte e precípite![9] Maldita, maldita hora.

Desci olhando para o grande vácuo a meus pés, com tentações de despenhar-me no abismo azul. Faltava-me o ar. Agitei os braços invejando as aves que voavam lá em cima, longe deste mundo traiçoeiro. Passei indiferente pelos chuveiros de flores douradas, vaporosas, que pendiam dos galhos musgosos das árvores folhudas, e deixei-me cair quase desfalecida num combrozito[10] gramado, à beira da estrada.

Demorei-me ali não sei quanto tempo. Só ao ouvir vozes de pessoas que se aproximavam foi que me levantei e segui para casa.

D. Aninha estava impaciente à minha espera.

8. *Languemente*: parece ser uma adaptação para o português da palavra italiana *languente*, que significa "lânguida". No caso, significa o mesmo que "languidamente", isto é, de modo fraco, sem energia, suave.
9. *Precípite*: rápida, veloz.
10. *Combrozito*: elevação de terreno não muito alta, duna.

– São horas de nos irmos embora; eu estava com receio…

– De quê?

– Não lhe tivesse acontecido alguma desgraça!

– Não me aconteceu nada – respondi-lhe. – E, ai de mim! tinha desmoronado o meu futuro!

Em caminho da estação perguntei-lhe, procurando uma confirmação para a minha suspeita:

– Que quer dizer: *Do you love me?*

– Amas-me? – respondeu-me ela, sorrindo maliciosamente, e depois: Por quê? Algum inglês disse-lhe isso hoje?

– Qual! Mas ouvi um inglês dizê-lo a uma inglesa!

– Sim? E ela ficou silenciosa, baixou os olhos… corou… não é verdade?

– Não… ela replicou muito firme: *yes… yes… with all my heart.*

E que significam as últimas palavras?

– Sim, sim, de todo o meu coração. Ora a Marta como pôs sentido na conversa! Mas que gente era essa?

– Eu sei lá… uns ingleses…

Chegamos à *gare*; o comboio ainda lá não estava.

Sentamo-nos num banco e pela vigésima vez contei, a pedido de D. Aninha, os volumes que trazíamos; o Sr. Jerônimo, muito triste, não se preocupava com coisa alguma, consultava o relógio e praguejava contra a demora do trem.

Ao meio-dia partimos. O bondoso Dr. Gunning veio despedir-se de nós à *gare*, e umas crianças pobres trouxeram-nos flores. O comboio sibilou, oscilou e partiu.

Antes e depois dos túneis víamos paisagens encantadoras, montes, vales, sucedendo-se, árvores frondosas, e logo no fim do primeiro quilômetro, à direita, a cascatinha soluçante, graciosa, aonde numa tarde viéramos com Luís…

Minha mãe, avisada por mim desde a véspera à noite, esperava-me. Confundimos os nossos beijos e as nossas lágrimas.

Ela achou-me mais forte; eu achei-a mais magra e muito abatida.

Conversamos a noite inteira.

Tornei-me excessivamente nervosa; passava outra vez horas em silêncio; a mínima coisa me impacientava; tinha o gênio irregular e frenético.

Minha mãe olhava-me desconfiada e triste, sem coragem de indagar o motivo do meu mal, por adivinhá-lo, talvez.

Uma noite acordou à bulha dos meus gritos e foi encontrar-me num ataque; ajoelhada aos pés do meu leito, chorava acariciando-me, trêmula de medo… Os ataques repetiram-se muitas vezes, deixando-me prostrada, enfraquecida.

Não podendo conter-se, vencendo o constrangimento, perguntou-me, um dia, qual o motivo do meu pranto…

Respondi-lhe desabrida[11], asperamente. Ela fitou em mim com estranheza os olhos magoados, e calou-se.

Tive remorsos, e não achei meio de remediar o meu erro.

Luís era a minha obsessão, era o meu desespero. Não o via nunca. D. Aninha, talvez por desconfiada, jamais aludia ao seu nome e eu tinha um acanhamento louco de perguntar por ele.

Alvoroçada pelo meu abatimento, lá correu de novo minha mãe a consultar o médico, o velho Dr. Lobo, tão querido no bairro.

"Que me fizesse tomar banhos de mar e me desse distrações."

Sempre distrações!

Ela voltou para casa de ombros derreados[12]. Sentou-se a pensar e, no dia seguinte redobrou de fúria no trabalho para

11. *Desabrida*: insolente, rude, malcriada.

12. *Derreados*: curvados, dobrados.

fazer face às despesas dos banhos, que principiamos logo a tomar todas as madrugadas na Quinta do Caju[13], no recanto da praia denominada: – Banheiro do Imperador[14].

– A Senhora Melquíades tem uma irmã que é dama da Imperatriz…

– E então?…

– Hoje quando fui levar-lhe a roupa, falei-lhe a teu respeito… Ela interessou-se e quer levar-te ao palácio.

– Ora essa! para quê?!

– Para que há de ser! O concurso para as escolas está às portas…

Levantei os ombros.

– Não faças pouco caso. O saber vale de muito mas é sempre precisa a proteção! D. Aninha tem sido muito boa amiga mas já fez tudo o que podia. Se obtiveres a simpatia da Imperatriz podes ficar descansada!

– Que ideia…

– A Imperatriz é uma santa!

– A Senhora acredita que ela se possa ocupar comigo?!

– Por que não?

Falou-me com elogios no antigo freguês, o Miranda, que a protegera e se interessara por mim. Tinha-lhe mostrado as minhas cartas que ele achava muito bem escritas. Era agora nosso vizinho. Um bom homem: sério, delicado e trabalhador…

De Luís evitei sempre falar.

No fim de uma semana, recomeçaram as aulas.

13. *Quinta do Caju*: chácara imperial no bairro do Caju, que na época era um balneário.

14. *Banheiro do Imperador*: refere-se ao vestiário de lugar de repouso construído por D. João VI para tomar banhos de mar, por recomendação médica. Utilizado ainda no Império, atualmente é a sede do Museu da Limpeza Urbana.

# X

Sim, agora era a paixão, uma paixão horrível, obstinada, a que se unia uma revolta dolorosíssima, contra a minha situação, a minha fealdade, e a injustiça de Deus. Compreendia Luís. Como poderia ele amar uma rapariga sem graça, sem nome e pobre como eu, havendo criaturas como a filha do paralítico, tão ricas e formosas? Entretanto esperava... esperava sempre o milagre, a realização daquelas promessas feitas indiretamente, através de frases vagas e de versos, em que eu, tão louca, tinha acreditado.

Gastei toda a força afetiva da minha alma.

Nenhum amor viria arrancar-me depois àquele estado doloroso em que por tanto tempo permaneci.

– Que ingenuidade... mas seja como for, eu é que não quero. Seria uma humilhação.

– Diz a Sra. Melquíades que a Imperatriz não constrange ninguém.

– Pelo amor de Deus, minha mãe, não insista!

Minha mãe calou-se. Mas a ideia ficou a ruminar-lhe no espírito. Dias depois voltou a falar-me e em tom tão implorativo que não tive forças para a resistência.

Assim consenti em acompanhar um dia a freguesa da minha mãe ao Paço de São Cristóvão. De caminho ela passaria pela minha casa e me faria entrar no seu carro. Eu preparava-me a tremer. De que modo deveria falar à soberana?...

– Não te assustes. A Sra. Melquíades falará por ti. Prometeu explicar tudo com a maior simpatia... Já tem obtido coisas muito mais difíceis da imperatriz, que a distingue sempre com toda a atenção... É uma santa.

Se me dissessem: – você vai para a forca – talvez não me assustassem mais do que eu estava quando pus o pé no estribo do carro da minha nova protetora. Não sei como ela me acolheu nem sei o que lhe disse. Toda eu era confusão. Lembro-me que passando por um enterro, que ia a caminho do Caju, invejei a sorte do defunto...

O dia estava quente e poeirento, e o carro, sacudido pelo mau calçamento da rua, causava-me vertigens... Talvez fosse também pelo aroma da essência com que a Sra. Melquíades empapara o lenço. Ia toda bem trajada, com relógio de esmalte suspenso de um trancelim[1] de ouro e uma sombrinha de seda da cor do vestido. E aí estava uma coisa que eu sempre desejei ter...

De repente o coração deu-me um salto: tínhamos entrado na quinta. O cocheiro, já instruído, deu volta ao palácio e foi parar a uma porta do fundo, que dava acesso para os aposentos das aias da Imperatriz.

Desci do carro, com os joelhos bambos. Tinha medo de parecer ridícula... Pouco a pouco, o aspecto pacato e simples das salas por que íamos passando acalmou-me o espírito. Onde antes a minha imaginação tinha criado alcatifas[2], veludos e decorações admiráveis, viam meus olhos modestos, modestos móveis de medalhão de madeira e palhinha, e janelas sem cortinas, abertas alegremente para a vegetação luxuriante do parque...

Aquele ar de simplicidade encheu-me de confiança. Por fortuna, as coisas precipitaram-se. A minha amiga encon-

1. *Trancelim*: corrente.
2. *Alcatifas*: tapetes grandes, usados para cobrir o chão ou as paredes.

trou a irmã já de chapéu, pronta para acompanhar S.M. a Imperatriz a uma *matinée*[3] *artística* no Casino. Ia cantar o tenor Gayarre[4]. Era uma grande festa!

A minha companheira franziu o sobrolho, desapontada, enquanto a irmã foi-nos conduzindo por um corredor onde nos indicou um vão de janela onde deveríamos ficar à espera.

– Sua Majestade passará por aqui; você maninha seja breve. Eu já falei à Imperatriz, já sabe do que se trata... E esta menina?

Não teve tempo de ouvir a resposta. Um rumor de passos e de vozes no fundo do corredor fez-nos esticar o pescoço para ver.

Deus do céu, era ela!

Baixa, gorda, coxeando, a Imperatriz aproximava-se acompanhada por duas damas. Vinha vestida de seda cor de cinza escura, com um mantelete de rendas pretas e um chapéu-toucado, também preto, que lhe enquadrava o rosto simpático de boca rasgada e os cabelos grisalhos em bandós lisos e fartos. Imitando o gesto da minha companheira, saí do vão da janela e curvei os joelhos. Prevenida pela aia, a soberana parou, deu-nos a mão a beijar, murmurou algumas palavras que na minha confusão mal entendi, mas a que a Sra. Melquíades respondeu, e continuou seu caminho.

Suspirei de alívio.

Já no carro, e tendo readquirido o meu espírito, agradeci à minha protetora o interesse que manifestara por mim, percebendo ao mesmo tempo, pelo seu ar desapontado, que ela

3. *Matinée*: literalmente, em francês, "manhã". No contexto de espetáculos, refere-se a uma apresentação (teatro, cinema, concerto) realizada durante o período da tarde, geralmente começando entre 13 h e 16 h.

4. *Gayarre*: Sebastián Julián Gayarre Garjón (1844-1890), cantor de ópera basco, um dos mais famosos tenores do final do século XIX.

não tinha falado a meu respeito e que aquele – *Já sabe do que se trata* –, da irmã, era referente a outra qualquer pretensão...

Creio que foi a primeira vez na minha vida que eu sorri com ironia...

Num domingo, fomos dar um passeio a um dos subúrbios à busca de ar puro e de distração, coisa que eu não encontrava nunca. Tínhamos descido do trem, e caminhávamos a pé pela estrada, quando notei o extremo cansaço de minha mãe.

– Sentemo-nos aqui – disse-lhe, mostrando o paredão baixinho que ladeava a estrada.

– Estás cansada?

– Eu não, mas a senhora está...

– Por mim... podemos continuar...

– Não. Sente-se; eu vou só até aquela curva do caminho para ver...

Assim fiz. Minha mãe sentou-se, estava lívida, arfante, com as mãos apoiadas ao muro e o busto inclinado para a frente.

Tentava sorrir-me, mas os seus lábios, finos e pálidos, abriam-se apenas para beberem o ar morno e grosso da tarde.

Deixei-a sossegar e subi sozinha até a curva do caminho. Vi dali, a uma distância muito curta, uma praça larga, ladeada à esquerda por um renque de casas pobres, e à direita pelo mesmo murinho baixo, que dava sobre a estrada de ferro.

Era um recanto melancólico, árido, sem poesia, onde as crianças rolavam na terra, de mistura com os cães, e algodoeiros de copa chata projetavam sombras extravagantes e irregulares no solo amarelado.

O sol ia a sumir-se. De repente ouviu-se perto o silvo do trem de ferro, o comboio passava. Foi um alvoroço entre a criançada, que partiu aos saltos para o muro, numa gritaria, dizendo adeus aos passageiros que não conheciam. Aquele pôr do sol, aquele fumo que subia ondeante, trouxeram-me à lembrança as tardes de Palmeiras, e então uma saudade invadiu-me o coração. Saudade de quê? Particularmente, de coisa alguma. Aí eu tivera dores e lutas, preocupações e tristezas ainda maiores do que as alegrias e os sonhos que sonhara. Sentia saudades de tudo! Desse conjunto de risos e de agonias, do meu gozo e das minhas lágrimas, gozo sentido, e lágrimas choradas com a intensidade dos vinte anos!...

Estava assim absorta quando vi passar muito perto uma mulher elegante e linda.

O vestido exagerado, o cabelo, de um loiro singular, quase escondido por um chapéu de plumas, o grande leque escarlate, de desenhos bizarros, que ela meneava com desembaraço, davam-lhe um ar petulante e gracioso que me trouxe à ideia uma dessas figurinhas garbosas de Grévin[5], que tivesse recebido um sopro misterioso de vida e desandasse a passear ligeira, diante de mim.

De repente vi-a sumir-se numa das casas pobres, uma das mais feias e mais sujas, onde um formigueiro de crianças tagarelava à porta. Fiquei curiosa e absorta, mas não por muito tempo; a moça reapareceu depressa, distribuindo dinheiro aos pequenitos, acompanhada por uma mulata gorda, em mangas de camisa. Estiveram por algum tempo as duas a conversar com vivacidade e muitos gestos até que se separaram; a mulher entrou para casa num repelão e a moça subiu a rampa caminhando para o meu lado.

Que razão haveria para que eu me sentisse como que fascinada por essa criatura? Desta vez ela trazia o seu grande leque fechado e tinha o ar mais pesado e cismático. Chegada

5. *Grévin*: Alfred Grévin (1827-1892) foi um escultor, figurinista e cenógrafo francês, célebre por suas silhuetas caricaturais de mulheres parisienses.

em cima, encostou-se ao muro e percorreu com a vista a estrada inferior, como se procurasse alguém. Contemplando-a de perto, estremeci. Reconheci-a subitamente: era Clara Silvestre, a minha antiga companheira de colégio, que tantas vezes repartira comigo o seu *lunch*[6], tantas vezes me perfumara com a sua água-florida, ou me empoara com o seu microscópico *pompom* de arminho[7] subtraído à gaveta da mãe.

Eu olhava estupefata para o seu rosto claro, os seus formosos olhos verdes expressivos, os seus cabelos pintados de uma cor de cenoura, os lábios cheios de carmim, e comparava-a com a Clara Silvestre de outro tempo, linda também, mas natural, inocente, com os seus caracóis castanhos e o seu doce rostinho muito redondo e alegre.

Entretanto Clara fixou também em mim o seu olhar esmeraldino. Houve um momento de embaraço. Eu não sabia que fazer; se retirar-me, se ficar.

A pobre Clara, no meio do seu luxo, do seu perfume de heliotrópio[8], e dos seus enormes rubis dos brincos, inspirava-me certo medo; sentia como que uma necessidade de atraí-la a mim, evocando a lembrança do passado, e de a consolar! De quê? Nem sei.

Porque ela não parecia infeliz; tinha uma certa altivez de porte, levantava a cabeça com orgulho, vaidosamente.

Contemplamo-nos em silêncio. Alguns momentos depois, deixando falar a voz do coração, perguntei-lhe a medo, assustada de mim mesma:

– Lembra-se de mim?

6. *Lunch*: palavra inglesa que significa "almoço", aqui usada no sentido de merenda.
7. *Pompom de arminho*: pequena bola de pelúcia usada para maquiagem ou decoração; arminho é um animal cuja pele era utilizada para roupas ou adereços.
8. *Heliotrópio*: planta ou perfume com aroma doce e floral.

– Sim... foi... parece-me que foi minha colega na escola de D. Aninha... somente, não me ocorre o seu nome...

– Marta.

– Marta! É isso! Se me lembro! Mora por aqui?

– Não...

Houve uma grande pausa.

Estávamos ambas contrafeitas; desejávamos lançar-nos nos braços uma da outra, e nem nos atrevíamos às perguntas mais simples!

– Imagine! – disse-me ela por fim, precipitando um pouco as palavras, visivelmente nervosa. – Morreu uma criada minha deixando uma filha de nove meses... eu dei a criança a uma ama, remunerando-a bem.

Hoje vim vê-la... está magríssima e suja, oh! Suja! Os vestidinhos bordados que lhe tenho mandado, sabe onde os encontrei? No corpo das outras crianças, filhas da ama! Que gente!... Vou tomá-la para casa!

Calamo-nos.

Nisto umas vozes fortes gritaram da estrada, embaixo:

– Olá! Clarinha?!

Era um grupo de rapazes que lhe mostrava um lugar no carro em que iam.

Clara recuou um pouco, e disse, apertando a minha entre as suas mãos enluvadas:

– Adeus, Marta; não pense mais em mim; eu não mereço a sua amizade. Mas fique certa de que há muito tempo eu não tinha uma alegria como a que tive agora, vendo que...

Não acabou; as lágrimas tremiam-lhe nos olhos, e ela desapareceu correndo pela rampa, a menear o seu leque vermelho de figuras bizarras.

Daí a nada ouvi as risadas argentinas de Clara Silvestre, lá embaixo, com os rapazes.

Voltei silenciosa e confusa. Que quereria dizer tudo aquilo? Minha mãe vinha ao meu encontro, já descansada, mas aflita pela minha demora.

Contei-lhe o caso; nem lastimou Clara, nem me censurou. Estava pálida e alheia a tudo. Voltamos. Por muito tempo o meu espírito se fixou com tenacidade na antiga Clara Silvestre, rosada, forte, com os seus vestidinhos de chita e os seus bibes brancos, inocente, feliz!

Pobre criança! Ela tem no meu coração um túmulo virginal, engrinaldado de rosas, todo envolto pela saudade, a tranquila saudade da infância!

Esse episódio fugitivo sugeriu-me uma multidão de ideias, umas dolorosas, outras… nem sei como defini-las!

Talvez que eu mesma, sempre pobre, humilde, modesta, feia, invejasse aquele brilhantismo de Clara, aquelas joias, aquelas plumas, aquele aroma, aquela formosura…

Mas, tinha ficado no meu ouvido a sua frase melancólica – "eu não mereço nada" – e, dava-se por isso em meu espírito uma confusão de conjecturas…

Desejaria penetrar o mistério daquela vida; saber como se pode parecer feliz não o sendo… Para mim Clara mentira. Quem não valia nada era eu, sempre ignorada por toda a gente, sempre feia, o que me torturava, sempre envergonhada dos meus vestidos mal-ajeitados, do meu calçado barato, do meu modo esquerdo e retraído!

Era sobre mim que todos os males caíam; as palavras saíam-me a custo da boca, e eu presumia que toda a gente se ria dos meus gestos, da minha cara, da minha pobreza. Entretanto, Clara Silvestre olhara-me com doçura, com amizade, na meiguice dos vencidos bons, que não odeiam os vencedores da vida… Entre nós duas, que lugar me competiria?

A minha nevrose[9], a minha dor de viver, de ser feia, de ser pobre, de ser triste, durou ainda muito tempo; e creio que não se extinguiu absolutamente... Chegou, porém, uma ocasião em que me senti mais e mais resoluta. Esforcei-me por estudar matérias novas. Devia em breve decidir-se a minha sorte como professora; aproximava-se o tempo do concurso.

Envelheci, emagreci, trabalhei sobreposse, num grande esforço de memória; mas se o corpo descaía, a alma triunfava, e era esse todo o meu empenho.

– Quer saber uma novidade, Marta? – disse-me D. Aninha –, Luís vai casar-se. Adivinhe com quem...

Rapidamente, num tom vibrante e claro, perguntei:

– Com a filha do paralítico?

– Não! Casa-se com a minha sobrinha, aquela que lhe apresentei no baile, a Leonor...

Quando cheguei à casa minha mãe notou que eu estava pálida e com olheiras; afiancei-lhe não sentir nada, e de fato parecia-me melhor a minha situação.

Em vez de Luís, era a figura de Leonor que nitidamente me aparecia, vestida de branco, como na festa da D. Aninha, e engrinaldada de flores!...

– Olha – disse-me a minha mãe –, leste hoje na *Gazeta* o aviso para o concurso, amanhã?

– Não... Qual concurso?

– O concurso das professoras para as escolas públicas... O Miranda trouxe-me o jornal; toma-o.

9. *Nevrose*: doença dos nervos. O mesmo que neurose, atualmente. A escrita do romance, porém, é anterior à difusão e mesmo à elaboração do cerne da obra de Freud. De fato, foi apenas em 1895, no livro publicado junto com Josef Breuer, *Estudos Sobre a Histeria*, que Freud começou a sistematizar suas ideias sobre o inconsciente. Portanto, o uso da palavra por Júlia Lopes de Almeida neste romance não tinha as implicações freudianas de hoje.

Li; e, desde àquela hora até à noite, pus-me a estudar, vendo de vez em quando a imagem delicada de Leonor, como um sonho vaporoso e tênue; mas não me amargava àquela visão, preferia-a à filha do paralítico; sentia um prazer maldoso, em saber esquecida aquela também...

A respeito dos meus estudos estava segura, tranquila, de uma tranquilidade mesmo como nunca tivera em vésperas de exame. Minha mãe, não; disfarçava mal a sua inquietação; sentia-a trêmula, ao pé de mim. Não teve coragem de acompanhar-me; pediu à professora, como último favor, que me levasse e animasse; beijou-me quando eu saí, fingindo-se forte, mas li no seu olhar úmido toda a fraqueza que a invadia nesse instante. Tinha razão para recear de mim; se me não saísse bem, ela teria de trabalhar um ano inteiro ainda, com poucas vantagens, esgotando o pouquíssimo resto de vida, numa luta contínua.

Com que orgulho eu penso na desvelada solicitude que tem em geral a mulher brasileira para o filho amado! Não o repudia nunca, trabalha ou morre por ele; coração cheio de amor, perdoemos-lhe os erros da educação que lhe transmite, e abençoemo-la pelo que ama e pelo que padece.

## XI

Quando à tarde voltei, encontrei minha mãe animada e risonha, mesmo com um bom ar de ventura que eu não lhe vira nunca.

O solicitador[1] Miranda, nosso vizinho, fora assistir ao concurso e antecipara-se em ir dar-lhe a notícia de eu me haver saído bem.

Recebi a nomeação de professora no dia do casamento de Luís. Minha mãe abraçou-me jubilosa, e atônita de me ver triste...

Eu pensava na brancura de Leonor, nos seus cabelos loiros e sedosos, engrinaldados, sob o véu fino; no seu belo corpo alto e esbelto, coberto de seda branca e flores de laranjeira... Eu pensava nas soberbas montanhas de Palmeiras, nas suas casas disseminadas entre alegres verduras, nos seus bosques perfumados, nas suas cascatinhas soluçantes... eu pensava na tarde da tempestade; na filha do paralítico e no abraço de Luís; nos seus madrigais, nos seus sorrisos e na sua falsidade; pensava ao mesmo tempo em tudo que me impressionara no campo, em tudo que me dera alegria, e em tudo que me dera desgosto!

1. *Solicitador*: profissional liberal que, embora sem diploma de advogado, prestava assessoria jurídica, representava e aconselhava clientes, preparava documentos etc.

Fechei-me só no quarto, procurando como pretexto arrumar os meus velhos livros e trabalhos de agulha no fundo de um baú. Quando voltei à sala, minha mãe, alvoroçada e risonha, chamou-me para o seu lado e disse-me que o solicitador Miranda lhe pedira a minha mão.

Surpresa, não respondi logo; minha mãe, interpretando mal o meu silêncio, continuou:

– O Miranda é homem de quarenta e tantos anos, muito sério e bondoso...

– Mas – respondi-lhe –, eu nunca lhe falei: via-o à janela de manhã, quando eu atravessava para o colégio, unicamente, e...

– Ele apaixonou-se por ti na leitura das cartas que me escreveste de Palmeiras.

– E por que lhe mostrou as minhas cartas?

– Porque ele perguntava-me sempre por ti... e... porque, filha, escrevias-me coisas tão bonitas, e delicadas, que o meu orgulho de mãe aconselhava-me aquela indiscrição. Eu sabia de há muito que qualidade de homem é o Miranda: trabalho para ele há dez anos, bem vês... nunca me pagou mal, nunca fez reclamações nem queixas, foi sempre cavalheiro, como se adivinhasse em mim os princípios que tive... Além disso, com quem poderia eu desabafar as saudades tuas?

– Via-o muitas vezes?

– Todas as semanas, quando lhe levava a roupa... Depois que vieste, como sabe por mim que tens estado doente, não me quis falar nisso, e contentava-se em ver-te todas as manhãs. Agora, porém, que hás de ir morar para fora, e não podendo calar-se mais tempo, revelou-me a sua afeição.

Acabou de sair daqui; não consentiu que eu te chamasse... Prometi levar-lhe a tua resposta...

– Não desejo casar-me...

– Mas... – balbuciou minha mãe, empalidecendo.

– Alcancei uma posição independente; não precisarei do apoio de ninguém.

Estas palavras disse-as eu secamente.

Minha mãe baixara a cabeça; e depois de uma pausa silenciosa tornou-me com a voz baixa e comovida:

– Seja! Eu não queria fechar os olhos sem te ver casada… só, num mundo tão perverso como este… Depois, o Miranda tem ótimo comportamento… é talvez velho para ti, mas havia de ser excelente marido, sério, honesto, e delicado…

Enquanto ela dizia isto, eu via, como num sonho, a encantadora figura de Leonor…

Estremeci, ouvindo minha mãe referir-se ao meu futuro; meditei num minuto a minha vida inteira!

– Ouve-me, filha: a reputação da mulher é essencialmente melindrosa. Como o cristal puro, o mínimo sopro a enturva… Pensa.

Mas de mim, quem se ocuparia em falar? Passaria sempre despercebida, mesmo pela vista dos mais curiosos. Viriam os cabelos brancos, viria a velhice e eu ficaria sozinha com os meus sonhos pueris, as minhas raivas surdas, a mesma desconfiança pela humanidade que parecia repudiar-me.

Bem cedo neste país ardente as mulheres ouvem dizer que as amam, e eu só aos vinte e quatro anos despertava num coração cansado uma paixão sossegada e mansa…

E que amara ele em mim?

O meu espírito; a minha pessoa não era nada. Foram as cartas escritas sob o influxo do meu amor por Luís, naquele período de ouro da minha vida, que lhe despertaram a ideia de que a Marta valeria alguma coisa em um lar doméstico… Foi isso, e nada mais.

Olhei com desprezo para o meu corpo, achando-o indigno da minha alma. O ódio da natureza cresceu em mim num fermento em que todos os azedumes se encontravam.

Minha mãe percebeu tudo, e concluiu:

– Eu só quero o que tu quiseres.

– Oh! o que eu quero não o alcançarei nunca!

Foi o meu primeiro brado de desespero. Minha mãe estremeceu.

Só muitas horas depois pude ter calma para refletir, e refleti que o meu casamento seria uma vingança para os ultrajes que a minha imaginação de moça recebera sempre.

## XII

O meu noivo era um homem singular na sua simplicidade. Eu nunca havia reparado nele: posso muito bem afirmar que só o vi depois de lhe ter dado o *sim*, na tarde em que, com satisfação comedida, foi agradecer a minha resolução.

Recebi-o com toda a calma, sem amabilidade, friamente; sorria com esforço, e procurava em vão sacudir de mim a antipatia que o casamento naquelas condições me inspirava. Minha mãe remediava a minha concentração, falando muito, rindo mesmo, lembrando ao bom Miranda frases de uma ou de outra carta minha que o tinham feito dizer: "A sua filha é uma joia rara; feliz do homem com quem ela se casar!" Eu não intervinha; ouvia os elogios quase sem protestos, abatida, vazia, semimorta.

Chegou um instante em que minha mãe, num esforço de suprema agonia, teve a coragem de relatar a morte de meu pai e a amarga herança que dele recebêramos... Julgava aquilo um dever de lealdade; não lhe fossem dizer depois que ele tinha desposado a filha de um delinquente...

Miranda fê-la calar-se, um pouco vexado; e eu levantei para ele os meus olhos tristes, espreitando-lhe os movimentos, com susto e com vergonha.

Ele sorriu-me. Era um homem de estatura mediana, gordo, calvo, com alguns fios brancos a luzirem-lhe na barba preta; de feições regulares, dentes pequeninos, e peito robusto.

Havia alguma coisa de paternal nos seus olhos, uma expressão de lealdade, de doçura que me inspirava confiança e tranquilidade. Falava sem preocupações incorrendo mesmo, uma ou outra vez, em certos vícios de linguagem: *de maneiras que...*

Eu notava aquilo sem desgosto, imersa numa atonia estúpida! Só depois de ele se ir embora é que eu, ironicamente, os enumerei à minha mãe; ela ouviu-me calada e depois afirmou-me que nem sempre os maridos mais ilustrados eram os melhores. Quando um homem de espírito superior não encontra na esposa um entendimento claro, uma percepção nítida das coisas, uma inteligência preparada para a perfeita compreensão da sua, como um refletor das suas ideias, esse homem deixa de lhe comunicar os seus projetos de futuro, ambições, estudos, trabalho, triunfos e desgostos, por julgá-la incapaz de uma consolação ou de um aplauso! E assim, sem troca de emoções nem conversas íntimas, procura cada um para seu lado satisfazer as necessidades absolutas dos seus gostos e temperamentos. A mulher, então, ou se resigna a viver encolhida em casa, na humilhante posição de mera governanta, ou revolta-se contra a superioridade do marido e provoca-o de todas as maneiras, desde a mais séria até a mais fútil! Agora, quando, ao contrário, é a mulher a mais inteligente e a mais ilustrada, sendo ponderosa, sensata, boa, o marido venera-a, respeita-a, e faz-lhe sem temor as suas confidências de venturas e de pesares! Cabe-lhe a ela então disfarçar a diferença intelectual que entre os dois exista e procurar nivelar-se com ele ao mesmo tempo em que insensivelmente lhe vai polindo a educação.

Aí está toda a ciência; e citava exemplos de antigas amigas. Eu pensava, entristecida, em que a suprema ventura seria encontrarem-se e unirem-se para toda a vida duas pessoas de espírito afinado pelo mesmo diapasão; com as mesmas predileções e iguais tendências! Mas essa era uma aspiração absurda, e fiz por convencer-me de que só havia um homem capaz de me fazer feliz – o Miranda…

Principiei sem entusiasmo a fazer o meu pequeno enxoval e a tratar dos preparativos para a nossa mudança. A minha cadeira era no Engenho Novo[1].

Em verdade quem tratava de tudo era minha mãe; eu quase que me limitava a dizer como queria as coisas; ela cortava, acertava, punha tudo em ordem; eu interrompia a costura e ia deitar-me, chorando, ou sentar-me silenciosa, indolente, abstrata, em um canto do meu quarto. Às vezes pensava: – a minha condescendência não seria um crime?

Uma tarde, saíamos do trem dos subúrbios quando senti agarrarem-me num braço; voltei-me: era a nossa antiga vizinha do cortiço, a ilhoa, que se plantava agora diante de nós com um sorriso nos lábios desmaiados.

Na estação havia o rumor dos passos apressados. Corriam os homens procurando entrar no trem que partia; as máquinas silvavam e os trabalhadores impeliam com força os carros de mão, pejados de malas e de caixões.

Foi logo um tumultuar de perguntas.

A ilhoa nem as deixava concluir; as suas desgraças enchiam-na até aos olhos; precisava de desabafo.

A Carolina tinha se casado, apesar do trambolho das pernas; mas o marido explorava-lhe o trabalho de uma maneira feroz e ainda por cima a moía de pancada…

Tinha já dois filhos e habitava agora um cortiço da Gamboa. Raramente via a mãe. Uma dor da alma…

– E a Rita?

1. *Engenho Novo*: bairro da Zona Norte do Rio de Janeiro, que se urbanizou a partir da segunda metade do século XIX.

– Essa está para casar com um moço estabelecido de barbeiro… mas, senhoras, ele sempre tem um gênio!… Aquilo eu já sei!… para mim, filha casada é filha morta…

– E seu marido, ganha mais agora?

– Pois não leram nas *Gazetas*?!

– O quê?

– O meu homem foi pisado por uma carroça, lá para o Matadouro… oh! senhoras que a mim sempre têm acontecido coisas! Está aleijadinho, cortaram-lhe as duas pernas… se não fosse eu ter saúde… olhe que não sei como haveria de levar um bocado de pão à boca…

Saímos juntas até ao bonde; nós entramos, ela seguia a pé, pela calçada em frente do quartel.

Eu via com verdadeira admiração aquela trabalhadora persistente e corajosa, a quem a vida retalhava a alma sem que o corpo caísse. Estava muito mais velha, por certo. O seu cabelo encaracolado e negro estava agora branco, o rosto denegrido descaído em quatro rugas fundas: das narinas ao queixo, dos lacrimais à face. Mas lá ia direita, rebolando os quadris fortes, em passadas firmes, à busca do seu fardo de besta de carga.

Nessa tarde compramos a última peça de morim[2] e as primeiras fitas do meu enxoval.

Dias depois, tomei posse da minha cadeira de professora.

No entretanto minha mãe e o Miranda instavam para que se marcasse definitivamente a data do casamento; marquei-a, mas pouco depois transferi-a; tornei a marcá-la, tornei a transferi-la, até que por fim, num grande esforço de vontade, decidi positivamente o dia e a hora para a realização do ato.

2. *Morim*: tecido de algodão, utilizado na confecção de roupas íntimas e lençóis.

Decorreu um mês. Minha mãe tratava de tudo, desde madrugada até a noite, numa lida insana. Ora lavava os vidros das janelas, ora rematava a minha pouca roupa, muito perfumada e bem-arranjadinha, ora cosia, ora engomava, economizando muito para fazer-me um vestido de núpcias de seda branca! E fez o vestido de seda! e comprou flores caras, e um véu longo e farto!

Na véspera do meu casamento, à noite, sentei-me perto da mesa do jantar e pus-me a folhear caderno por caderno dos meus antigos estudos, disposta a fazer desaparecer nas chamas todos os vestígios do meu passado.

Comecei a separar, examinando com enfado aqueles papéis, quando, de entre uns apontamentos de pedagogia, me caiu no colo uma folha de carteira, acetinada, dobrada ao meio; abri-a; reconheci a letra de Luís; comovida, trêmula, li e tornei a ler; primeiro só para mim, depois a meia voz, depois alto. Eram versos.

Minha mãe, sentada do lado oposto da mesa, olhava-me com atenção, com os braços e a costura caída sobre a mesa. Fazia calor e ao redor do lampião volteavam, fascinadas, muitas mariposas brancas, pequeninas.

– De quem são esses versinhos? – perguntou-me.

– De um primo da professora...

– Ah! Lê outra vez; mas devagar, eu não os entendi bem...

E eu li-os ainda mais titubeante e nervosa.

Realmente faltava-me o ar; sentia-me opressa, doente; interrompi a leitura, ergui-me, fui à janela; olhei para o céu, estava todo estrelado, cortado pela esteira esbranquiçada da Via Láctea. Nem a mais leve viração, tudo morno, parado. De um jardim da vizinhança vinha um aroma forte de jasmins e magnólias; voavam pirilampos...

Estive muito tempo debruçada no peitoril, olhando para o escuro, depois voltei, e, sem examinar nem ler mais papéis, queimei-os todos.

Minha mãe advertiu-me:
– Olha que os versinhos lá se vão também!
– Não faz mal: eles não prestavam para nada…
– Também me quis parecer isso, mas como não entendo…
E foi assim passada a minha última noite de solteira…

# XIII

Casei-me numa tarde de verão. Poucas pessoas assistiram ao ato, além de minha mãe, do Sr. Jerônimo de Andrade e da mulher, que foi minha madrinha.

Passamos uma semana feliz; meu marido consagrava me uma afeição serena; era delicado e bom. Nunca no meu lar soaram as alegres e sonoras frases dos noivos apaixonados, nem tampouco até hoje houve nunca um arrufo.

Minha mãe tinha uma expressão de ventura, por tal forma manifestada no seu rosto magro e pálido, que me comovia. Quando passava privações, até fome, trabalhando sempre para sustentar-me, concentrava a tristeza no seu coração; na alegria, porém abria-o aos olhos de toda a gente!

A queixa é uma fraqueza, a pegada impressa no chão lodoso da terra; o silêncio sofredor é o voo, no azul cândido do infinito.

A minha inigualável amiga atravessou todas as misérias sustendo-se sempre nas asas. É que naquele corpo estreito, fraquíssimo, doente, havia uma alma forte, um coração sublime.

A minha maior felicidade consistiria em remunerá-la com largos juros de todos os sacrifícios feitos por mim, por isso preparava-lhe um resto de vida plácido; mas, coitadinha! vendo-me amparada, com um auxílio certo e honrado, deixou-se descansar da grande luta que havia tantos anos travara com a morte.

Singular organização a sua! Enquanto dependi do seu trabalho, da sua vida, da sua proteção, movia-se sempre ativa, desde a madrugada até à noite numa lida cruel; agora, que não se julgava precisa, deixou cair os braços e confessou-se exausta! É que toda a sua vida tinha sido só artifício, força de vontade, nada mais.

Foi no oitavo dia do meu casamento que ela adoeceu; estávamos ao jantar e vimo-la cair para o lado, com uma síncope. Quis socorrê-la, não pude: tinha as pernas muito trêmulas e sem ação: gritei, gritei, com o rosto banhado em lágrimas e o corpo inundado de um suor aflitivo. Meu marido tomou-a nos braços e levou-a para a cama, num quarto próximo.

Minha mãe voltou depressa a si, chamou-me, procurando animar-me e convencer-me de que aquilo não era coisa de cuidado! Mas veio o médico, e, menos caridoso, afirmou-me que a doente sofria de uma lesão antiga e que se admirava sinceramente de que vivesse ainda…

– Aquele coração está completamente arruinado há longos anos; e podemos considerar como um milagre tamanha resistência. Esta senhora tem sido de aço.

Eu ouvia-o encostando-me à parede para não cair. Meu marido fez-lhe notar a minha perturbação; ele lamentou-me e explicou que era de seu dever prevenir-nos para qualquer emergência.

Voltei cambaleante para o quarto da minha adorada; ela adormecera, sob a ação de morfina injetada nos seus braços nus, muito frios, pendentes por fora da roupa.

Desde então não me arredei do seu lado, assistindo ao medonho desenlace daquela vida de mártir. Às vezes, com as faltas de ar, parecia morrer; ficava roxa, depois pálida; inclinava o corpo para frente e com a respiração cortada, o rosto transtornado pela agonia, a fronte banhada de suor, os braços gélidos, olhava-me e sorria.

As crises sucediam-se; as pernas tinham-lhe inchado muito e não podia andar. Passava dia e noite numa poltrona, curvada para a frente, sobre almofadas.

Um dia, chamou-me para bem perto, afagou-me com as mãos arredondadas pela inchação, contemplou-me com amor, fixa e demoradamente; depois, estendeu-me os lábios tintos de uma cor violácea, beijou-me e fez sinal para que eu saísse; atônita obedeci e ela expirou.

Dei uma volta pela sala, inconsciente.

Voltei: encontrei-a reclinada para trás, sobre o espaldar da cadeira, serena, adormecida; aproximei-me mais, inclinei-me para ela e compreendi a horrível verdade – estava morta.

Meu marido, meu bom marido, entrara atrás de mim e amparou-me nos braços; tive ataques violentos, toda a tarde, rasgando o vestido, mordendo-me, batendo com a cabeça na cabeceira da cama e nas paredes, cerrando os dentes a todos os remédios e alimentos, num desespero atrocíssimo e indomável.

Às Ave-Marias[1], levantei-me alquebrada, mas resoluta, e fui postar-me ao lado da minha morta. Não me arredei dali, de joelhos, entre o leito e a janela aberta, por onde entrava a viração da noite, semeada de estrelas.

1. *Ave-Marias*: refere-se à hora do *Angelus*, assinalada pelo Toque das Ave-Marias, às 6 h, 12 h e 18 h, e celebra o momento da Anunciação, feita pelo anjo Gabriel à Virgem Maria. No sentido empregado no texto, designa o último desses toques, a encerrar o dia.

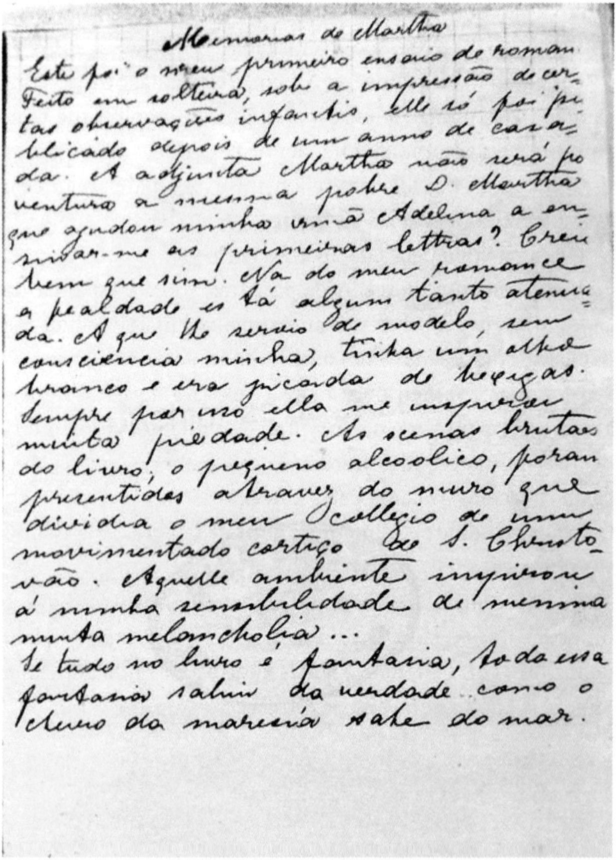
Memorias de Martha
Este foi o meu primeiro ensaio de roman
Feito em solteira, sob a impressão de cer-
tas observações infantis, elle só foi pu-
blicado depois de um anno de casa-
da. A adjunta Martha não será po-
ventura a mesma pobre D. Martha
que ajudou minha irmã Adelina a en-
sinar-me as primeiras lettras? Creio
bem que sim. Na do meu romance
a realdade está algum tanto atenua-
da. A que lhe servio de modelo, em
consciencia minha, tinha um alto
branco e era picada de bexigas.
Sempre por isso ella me inspirava
muita piedade. As scenas brutaes
do livro, o pequeno alcoolico, foram
presentidas atravez do muro que
dividia o meu collegio de um
movimentado cortiço de S. Christo-
vão. Aquelle ambiente inspirou
á minha sensibilidade de menina
muita melancholia...
Se tudo no livro é fantasia, toda essa
fantasia sahiu da verdade como o
cheiro da maresia sahe do mar.

Esta anotação manuscrita se encontra colada na contracapa do exemplar de *Memórias de Marta* que pertenceu à autora. Foi redigida, ao que tudo indica, depois da edição francesa do romance, isto é, depois de 1930.
*Fonte*: Acervo da família/RSDS.

*Memórias de Marta*

Este foi o meu primeiro ensaio de romance. Feito em solteira, sob a impressão de certas observações infantis, ele só foi publicado depois de um ano de casada. A adjunta Marta não será porventura a mesma pobre D. Martha que ajudou minha irmã Adelina a ensinar-me as primeiras letras? Creio bem que sim. Na do meu romance, a fealdade está algum tanto atenuada. A que lhe serviu de modelo, sem consciência minha, tinha um olho branco e era picada de bexigas. Sempre por isso, ela me inspirou muita piedade. As cenas brutais do livro, o pequeno alcoólico, foram pressentidas através do muro que dividia o meu colégio de um movimentado cortiço de São Cristóvão. Aquele ambiente inspirou à minha sensibilidade de menina muita melancolia...

Se tudo no livro é fantasia, toda essa fantasia saiu da verdade como o cheiro da maresia sai do mar.



[illegible]

Se [illegible] no livro [illegible], toda essa [illegible] saiu da [illegible] como o efeito da [illegible] de mar.

| | |
|---|---|
| *Título* | *Memórias de Marta* |
| *Autora* | Júlia Lopes de Almeida |
| *Apresentação e Notas* | Paulo Franchetti |
| *Editor* | Plinio Martins Filho |
| *Produção Editorial* | Carlos Gustavo A. do Carmo |
| *Preparação de Texto* | Ana Claudia Almeida |
| *Editoração Eletrônica* | Jorge Buzzo |
| *Ilustração da Capa* | Camyle Cosentino |
| *Formato* | 12 × 18 cm |
| *Tipologia* | Minion Pro |
| *Papel de Miolo* | Chambril Avena 80 g/m² |
| *Papel de Capa* | Cartão Supremo 250 g/m² |
| *Número de Páginas* | 160 |
| *Impressão e Acabamento* | Rettec Artes Gráficas |